DER LETZTE BISCHOF

Hans Dieter Stöver

DER LETZTE BISCHOF

Eine ganz und gar unfromme Legende

Europaverlag
Wien · München · Zürich

Umschlag und Einband von G. M. Prechtl
unter Verwendung einer Zeichnung des Autors

Textzeichnungen von Hans Dieter Stöver

Lektorat Franz Haderer

Printed in Austria
Satz und Druck Elbemühl Wien
ISBN 3-203-50729-3

Inhalt

ERSTES KAPITEL
Das große Lever 7

ZWEITES KAPITEL
Der kleine Bischof hält eine Rede
und empfängt die Parteivorsitzenden . . 23

DRITTES KAPITEL
Die Post ist da, und welche Geschenke
ins Haus kommen 49

VIERTES KAPITEL
Der kleine Bischof gewährt Asyl,
und welche Folgen das hat 57

FÜNFTES KAPITEL
Der kleine Bischof denkt nach,
und aus Rom kommt ein Anruf 69

SECHSTES KAPITEL
Dr. Falk ergreift Initiativen,
und der kleine Bischof fliegt nach Rom 81

SIEBENTES KAPITEL
Pater Gerhard und Bruder Martin
kommen in Schwierigkeiten 93

ACHTES KAPITEL
Der kleine Bischof besucht
das Forum Romanum, und wie er
in den Vatikan gelangt 101

NEUNTES KAPITEL
Martin schreibt an einem Tagebuch
und bekommt Besuch 111

ZEHNTES KAPITEL
Wie der kleine Bischof in den
Vatikan gelangt und welche
Schwierigkeiten es dabei
zu überwinden gilt 119

ELFTES KAPITEL
Ein Abendessen zu dritt.
Dr. Falk spricht mit Martin
unter vier Augen 131

ZWÖLFTES KAPITEL
Der Bischof spricht mit dem Papst,
und ein seltsamer Mann taucht auf . . . 137

DREIZEHNTES KAPITEL
»Quo vadis . . .?« und die Folgen,
die niemand für möglich gehalten hätte . 149

VIERZEHNTES KAPITEL
Wie der kleine Bischof Papst wird 163

FÜNFZEHNTES KAPITEL
Der Papst gibt eine Pressekonferenz,
und welche Folgen das hat 169

SECHZEHNTES KAPITEL
Falk hat einen Plan 177

SIEBZEHNTES KAPITEL
Martin ergreift die Initiative 185

ERSTES KAPITEL

Das große Lever

An diesem Morgen begann alles.

Er wurde durch Laute geweckt, die er sonst nur vom Fernsehen her kannte: an- und abschwellend, ein fernes Rauschen, wie von fließendem Wasser. Dazwischen Rufe. Einige Wortfetzen verstand er:

»Lang lebe . . .!« – »Wir wollen . . .!«

Er stand an Bord eines Schiffes, das einen großen Fluß hinabfuhr. Am Ufer drängten zahllose Menschen. Viele winkten mit Tüchern und riefen – nun verstand er es deutlich: »Lang lebe unser Bischof!«

Er lächelte sanft, hob – noch im Schlaf – segnend die Rechte und machte das Kreuzzeichen.

Als er die Augen öffnete, nahm er ärgerlich zur Kenntnis, daß er nur in seinem eisernen Bett lag. Das Plumeau war auf dem Boden, und er versuchte es unter großer Anstrengung hochzuziehen, da er fror. Schließlich gelang es ihm, und er wurde sich plötzlich bewußt, daß der Lärm ganz in seiner Nähe sein mußte. Das war ihm rätselhaft.

Er lauschte. Es gab keinen Zweifel: die Menge – denn um eine solche mußte es sich handeln – befand sich irgendwo unterhalb seines Schlafzimmerfensters.

Er schob die Beine aus dem Bett, tastete mit den Zehen nach seinen Pantoffeln, erhob sich mit einem Ruck und schlurfte im Nachthemd zum Fenster. Vorsichtig schob er den schweren Brokatvorhang einen Finger breit zur Seite, blickte hinaus. Aber er hatte die Brille vergessen. Mit schnellen, kleinen Schritten, wobei ihm die viel zu großen Pantoffeln gegen die Fersen schlugen, trippelte er zum Nachttisch, nestelte mit den Fingern nach dem Gestell, warf dabei das halbvolle Wasserglas um und fand endlich die Brille.

Er wischte die nasse Hand am Nachthemd ab und setzte die Gläser auf. Dann ging er zum Fenster zurück und spähte hinaus, den Mund zu einem staunenden »O« geformt: Draußen stand eine vielhundertköpfige Menge; auch junge Leute darunter, und Väter hatten ihre Jüngsten auf die Schulter gesetzt. Man schien zu warten. Einige wiesen mit der Hand nach oben, genau in Richtung seines Schlafzimmerfensters.

Und da war wieder der Ruf, nun schon rhythmisch skandiert:

»Lang lebe unser Bischof!« – als irgendeinem namenlosen Naturtalent auffiel, daß der Vers, so gesprochen, gegen das Gleichmaß des Taktes verstieß, und er rief:

»Lang lebe unser *kleiner* Bischof!«

Die Menge fiel prompt ein, griff die prägnante Variante auf, steigerte sie als neue Parole zu akzelerierenden Sforzati.

Es muß festgehalten werden, daß dies der schöpferische Augenblick war, von dem an der Bischof nur noch der »kleine« Bischof hieß.

Nun muß dazu gesagt werden, daß seine Scheitelhöhe bei 168 cm lag – als er noch Haare hatte. Da sein Haupt jedoch seit längerem im Zentrum entblößt war, ganz nach Art einer Mönchstonsur – freilich ohne fromme Absicht –, waren zur Zeit etwa ein bis eineinhalb Zentimeter abzuziehen, so daß seine reale Größe nur 166,5 cm erreichte. Doch wußte er dies geschickt durch das Tragen höherer Absätze zu vertuschen, und so lag denn die übliche und öffentlich gezeigte Statur seiner Erscheinung um die 170 cm.

Freilich wurde dieses mit klammheimlicher List erreichte Format durch sein übriges Äußeres wieder in Frage gestellt: Von Natur aus Pykniker, kurzhalsig, ausgestattet mit einem mächtigen Brustkorb, breiten Schultern, kurzen kräftigen Armen und stämmigen Beinen, war an ihm alles rund und ohne Ecken und Grate, bis hin zu den Fingern seiner breiten, fleischigen Hände, die gleichwohl auf dem Klavier eine Dezime mit Leichtigkeit zu greifen vermochten, und darauf war er stolz.

Erstaunt, aber nun hellwach, nahm er die Menge draußen auf der Straße zur Kenntnis, auch die großen Transparente: »Lang lebe unser Bischof!« – »Gott segne unsern Bischof!«

Unmerklich begann sein Mund Worte und Silben zu murmeln, worunter ein wiederholtes »Ja . . . aber!« am deutlichsten vernehmbar war.

Er fühlte sich unbehaglich, war ihm doch solches bislang noch nicht vorgekommen; ja, er empfand die so unverhohlen und öffentlich mit Wort, Schrift und Stimme vorgetragene Zuneigung dieser ihm unbekannten Menschen seltsam beklemmend; ihm war, als ob sie ihm auf den Pelz rückten.

Was war denn nur geschehen?

Während er noch darüber nachsann, hörte er, wie die Tür des Vorzimmers geöffnet wurde und mehrere Personen den Raum betraten. Man sprach auf jemand ein, und dieser gab erregt Bescheid:

»Nein! . . . doch nicht jetzt! . . . Nicht hier! . . . Seine Exzellenz haben bis spät in die Nacht gearbeitet!«

Mehrere Stimmen antworteten zugleich. Der kleine Bischof verstand nur einiges:

» . . . ist es uns ein Herzensbedürfnis!« – » . . . ist er doch nun der einzige, der . . .« – »Haben Sie doch Verständnis für die Stimme . . .« – »des Volkes!« ergänzte der Bischof, und es wurde ihm immer unbehaglicher.

Gerhard, der gute Alte – wir kommen auf Erscheinung und Charakter der grauen Eminenz zurück –, Gerhard würde mit den Eindringlingen nicht fertigwerden. Sie bestanden aus ihm unbekannten Gründen darauf, seine Exzellenz jetzt und hier auf der Stelle zu sehen. »Volkesstimme – Gottesstimme!« rief jemand, und schon pochte es an der Tür zum Schlafzimmer. Das war Revolution!

In diesem Augenblick wurde sich der kleine Bischof

der – nun ja: ungewöhnlichen – Situation bewußt, in der er sich ohne eigenes Tun und Verschulden befand. Trotz der gebotenen Eile, zu irgendeinem Entschluß zu kommen, ertappte er sich bei dem Gedanken, daß sein Vorgänger vor, na, sagen wir 200 Jahren die dreiste Menge durch Lakaien und Hellebardiere kurzerhand aus dem Haus hätte werfen lassen. Er erschrak über diese aggressive Regung und gelobte sich, sie nächstens zu beichten.

Es gab drei Möglichkeiten, sich zu wappnen:

Stehenbleiben und der Dinge hinter der Tür harren, zur Tür gehen und öffnen – oder mit einem Satz ins Bett springen!

Es klopfte abermals, und er entschied sich für die dritte Möglichkeit, solange ihm diese noch offenstand, ohne daß er sein Gesicht verlor.

Erst als er lag, mit klopfendem Herzen, bemerkte er, daß das Plumeau noch halb auf dem Boden hing, sah auch die Pfütze und die Flecken, die das Wasser auf dem kostbaren Holz des barocken Nachttisches bildete, bemerkte, daß die Pantoffeln ganz willkürlich mitten im Raum lagen, auch, daß er seinen Anzug nicht ordentlich über den Stuhl gehängt hatte. Doch nun war es zu spät, das Chaos zu ordnen. Er kam nicht umhin, sich zu gestehen, daß der Gesamteindruck des Raumes einen zu Akkuratesse erzogenen Besucher durchaus zu der Bezeichnung »Schlamperei« veranlassen konnte.

Zwar versuchte er zu retten, was zu retten war, zog am Plumeau, doch da öffneten sich schon beide Flügeltüren, und er ließ das schwere Bettzeug fahren. Es blieb ihm nichts anderes übrig, als die leichte Seidensteppdecke bis zum Kinn hochzuziehen, wobei er sich bemühte, eine würdevolle Miene aufzusetzen. Aber er hatte ja die Brille auf der Nase. Sei's drum: er schloß die Augen, lag ganz still und spitzte die Ohren.

Hatte er erwartet, daß eine drängende, aufrührerische Meute ins Zimmer stürzte, so verfolgte er nun überrascht, aus halbgeschlossenen Augen blinzelnd, wie mehrere Gestalten langsam, ja vorsichtig, einige auf Zehen-

spitzen, den Raum betraten, während Gerhard, händeringend und zugleich sie beschwichtigend, mit dem Rükken zum Bett der seltsamen Prozession vorausschritt, wobei er zur Verdeutlichung seiner Mahnungen ununterbrochen in den Knien federte, den Zeigefinger vor den Mund hielt und in einem fort »Pssst!« zischte.

So erreichte die Gruppe die Mitte des Zimmers, das noch im Dämmerlicht der schweren Vorhänge lag, so daß weder der Bischof seine Besucher noch diese sein Gesicht erkennen konnten.

Man blieb stehen. Niemand wußte, was zu tun sei.

Gerhard, immer noch die Hand beschwichtigend erhoben, betrachtete mit prüfend zusammengekniffenen Augen das Bett und stellte fest, daß der Liegende die Augen geschlossen hielt – oder nicht? Er trat näher heran, beugte sich herunter:

»Exzellenz!«

Das kam flüsternd, und noch einmal, schon etwas bestimmter: »Exzellenz!«

Der kleine Bischof öffnete und schloß mehrmals die Augen, starrte zur Decke.

»Exzellenz haben wieder zu lange gelesen. Exzellenz haben vergessen, die Brille abzusetzen.«

Beider Augen trafen sich.

»Bitte? So, habe ich das?« Der Bischof nahm die Brille ab, betrachtete sie und setzte sie kopfschüttelnd wieder auf.

»Wie spät ist es denn?« fragte er und gähnte genüßlich.

»Gleich halb acht!«

»Was? Halb acht?« Und er schickte sich an, munter aus dem Bett zu springen, als Gerhard ihn sanft in die Kissen zurückdrängte, den Blick bedauernd zum Himmel hob, dann den kleinen Bischof mit großen Augen ansah und mit dem Kopf zur Seite wies. Der Bischof wandte sich in die angedeutete Richtung, schien erst allmählich zu begreifen und setzte das erwartete Staunen auf.

Gerhard neigte sich erneut über das Bett, versuchte aufgeregt, doch flüsternd, eine Entschuldigung:

»Ich . . . eh . . . Sie . . . eh . . . Sie ließen sich nicht abweisen! Sie kämen in bester Absicht . . . Ich habe alles versucht, aber es nützte nichts! Ich war ja allein! Ich habe schon immer gesagt, daß wir mehr Personal brauchen!«

»Nun«, sagte der Bischof lauter und räusperte sich wohlwollend, »nun sie also hier sind, wollen wir sie auch anhören!«

Er setzte sich auf, strich die Decke glatt, während Gerhard in verschämter Eile das Plumeau auf die untere Hälfte des Bettes legte, damit die rundlichen Zehenballen seiner Exzellenz, die die ganze Zeit über keck nach oben wiesen, in einer der Situation angemessenen Weise bedeckt wären. Dann ging er zum Fenster und zog die Vorhänge zurück. Die plötzliche Helle blendete den kleinen Bischof, und er zwinkerte. Jemand aus der Gruppe trat mit einem entschlossenen Schritt vor, warf sich so unerwartet vor dem Bett auf die Knie, daß sich der Bischof und Gerhard erschrocken anblickten.

»Exzellenz!« rief der Mann, der durchaus ordentlich gekleidet war und ganz und gar nicht den Eindruck eines Aufrührers machte. »Wir sind gekommen, um . . . wir sind nur einfache, anständiger Bürger dieses Landes . . . Schon immer war es uns ein Bedürfnis, denn . . .«

Er verhaspelte sich, wenngleich er sich die Sätze wohl nach reiflicher Überlegung schriftlich vorformuliert hatte, wie aus seinem offiziellen Gebaren zu schließen war. Der kleine Bischof konnte das nicht mitansehen.

»So steh doch auf, mein Sohn!« sagte er, beugte sich nieder und legte ihm väterlich die Hand auf die Schulter, das heißt, er versuchte es; doch der Mann griff hastig und voller Inbrunst nach ihr, zog sie an sich und küßte den Ring.

»Aber so kommen wir doch nicht weiter!« rügte der kleine Bischof, dem es endlich mit Gerhards Unterstützung gelang, den Mann wieder auf die Beine zu bringen. Mittlerweise trat ein zweiter aus der Gruppe neben ihn, in gleich unauffälliger Kleidung, schlecht sitzender Hose und einer längst aus der Mode gekommenen Krawatte.

»Exzellenz!« Er hob die Hand – »Wir sind gekomen . . .« – ». . . als eine Abordnung der einfachen Leute dieses Landes«, ergänzte der erste, und so fuhren sie nun im Wechsel fort:

» . . . aller guten Bürger dieses Landes . . .«

» . . . auch und besonders dieser Stadt . . .«

» . . . hinter uns stehen nur anständige Leute . . .«

» . . . und so hielten wir es für eine selbstverständliche Pflicht . . .«

» . . . Ihnen, Exzellenz, als erste unsere Aufwartung zu machen!«

Nun verbeugten sich beide sehr tief und traten in die Gruppe zurück; man hatte dort die Szene mit ernster, offizieller Miene verfolgt, wohl wissend um die Erhabenheit des Augenblicks.

Der kleine Bischof saß aufrecht im Bett, nickte mehrmals sinnend mit dem Kopf.

»Tja, meine Freunde . . .« begann er und überlegte, was er denn überhaupt dazu sagen sollte. »Die Freude ist außerordentlich, die ihr mir auf solche Weise bereitet. Aber nun sagt mir, was ist der Anlaß eures Erscheinens?«

Er blickte sie fragend an, die Lachfältchen rechts und links der Augen zeichneten sich gütig ab.

»Ja, wißt Ihr's denn noch nicht?« Es war ein gesetzter Handwerksmeister, der dies sagte und sich zugleich an die übrigen wandte: »Er weiß es nicht!«

»Was denn?« fragte, sehr höflich, der kleine Bischof.

Und der Handwerksmeister: »Habt Ihr denn nicht die Tagesschau gesehen?«

Gerhard war's, der – nicht ohne tadelnden Blick – bemerkte:

»Seine Exzellenz schauen nie fern!« (Er vergaß zu sagen, daß der Apparat seit Monaten einen Defekt hatte.)

Erstaunen bei den Besuchern, die diese indirekte Maßregelung sehr wohl verstanden.

»Und . . . und die Zeitung?« fragte der Handwerksmeister.

»Sie kommt erst um acht!« gab Gerhard kurz zurück.

»Ja, dann ... dann sind wir also die ersten, die die Nachricht überbringen!« frohlockte der Meister, und alle waren sich der Bedeutung des Augenblicks bewußt.

»So dürfen wir Eurer Exzellenz die Mitteilung machen, daß Exzellenz nunmehr der einzige, der *letzte* Bischof sind!« – »Unser Heil und Hoffnung!« – » ... der letzte Bischof!« – »Es gibt keinen andern mehr!« – »Gott segne den letzten Bischof!« – »Gott mit uns!« Sie riefen es alle durcheinander.

»Wie das?« fragte der kleine Bischof, und schreckhaftes Erstaunen stand ihm im Gesicht.

In diesem Augenblck stürmte ein junger Mann ins Zimmer, den zwei lässig umgehängte Kameras, ein gezückter Stift in der einen, der aufgeschlagene Block in der anderen Hand als Vertreter jenes Metiers auswiesen, das die öffentliche Meinung wiederzugeben glaubt. Ohne Gruß stürmte er in den Raum, und seine unverzüglich einsetzende Rede ließ erkennen, daß er die letzte Frage gehört und blitzschnell sondiert hatte.

»Ganz einfach!« schrie er, noch nicht ganz im Raum, postierte sich direkt vor das Bett, schoß seine Blitze ab, kniete nieder – freilich nur im schnellen Wechsel seiner fotografischen Einstellungen – und klärte den Bischof auf, ununterbrochen redend, ohne dabei die schnelle Abfolge seiner routinierten Tätigkeit zu unterbrechen.

»Ganz einfach!« rief er. »Bitte den Kopf etwas heben! – Gut! – Die Maschine, die gestern zur Landung in Rom ansetzte, mit allen nordeuropäischen Kirchenfürsten an Bord, ist aus unerklärlichen Gründen ex ... plo ... diert! (Blitz!) ... Bitte lächeln, Exzellenz! ... Sehr schön! ... Das Schiff, mit dem die Bischöfe Südamerikas zur Synode nach Rom unterwegs waren, ist ver ... schol ... len! (Blitz!) Lächeln, Exzellenz! Lächeln! ... Fein! ... Der Sonderzug, besetzt mit dem gesamten Episkopat Frankreichs, Spaniens und Portugals, fuhr bei Nizza auf eine Mine! (Blitz!) ... Keine Überlebenden! ... Sehr gut! Nun noch das Profil! ...

Der Rest wurde, wie Exzellenz wohl wissen werden, in verschiedenen totalitären Sy . . . ste . . . men während der letzten Monate li . . . qui . . . diert! (Blitz!) . . . Ausgezeichnet! . . . Nun noch die Hände! . . . Den Ring! Den Ring! Gut so! (Blitz!) . . . Die Nordamerikaner sind geschlossen aus der Kirche ausgetreten! (Blitz!) . . . Exzellenz sind also tatsächlich der letzte, der allerletzte Bischof! . . . Wenn wir vom Papst einmal absehen . . .«

Und während der kleine Bischof Mühe hatte, seine Gedanken zu ordnen – er griff sich ans Herz, holte tief Luft und ließ sich ins Kissen zurücksinken –, versuchte Gerhard, ein Mann von nüchternem Verstand und zupackender Intelligenz, der momentanen Schwäche seines Herrn zu begegnen, nahm das Glas, lief zum Waschbekken, füllte es halb, lief zurück zum Bett und flößte das belebende Naß dem kleinen Bischof ein. Er war wohl etwas zu übereifrig, denn der alte Mann verschluckte sich mehrmals; Gerhard beugte sich besorgt vor und klopfte ihm kräftig auf den Rücken, so daß es dumpf im Raum widerhallte.

Die Prozedur hatte den Bischof nun doch sehr erregt, und erschöpft lehnte er sich zurück in das große, sehr umfangreiche Kopfkissen.

Währenddessen stand die Abordnung der Bürger stumm und steif im Zimmer und kam sich sehr überflüssig vor: man hatte sich alles ganz anders vorgestellt. So blickten sie sich fragend an. Sollte man gehen?

Doch schon brachte der Reporter neue Bewegung in die Szene, denn er griff zum nächsten Stuhl – es war ein herrlicher Louis-quinze! –, setzte ihn mit Verve vor das Bett, warf sich mit gleichem Schwung darauf – Gerhard fürchtete schon um die Standfestigkeit des Möbels, sah es bereits brechen –, und schon prasselten seine Fragen auf den Überrumpelten nieder, dem die ersten Schweißperlen auf die Stirn traten.

»Was gedenken Exzellenz in den nächsten Tagen zu tun? . . . Wie soll es nun weitergehen? . . . Rauchen Exzellenz noch Pfeife? . . . Was waren Exzellenz' Vater von

Beruf? ... Wie fühlen wir uns nun als letzter Bischof? ... Werden Exzellenz die Regierung empfangen? ... Wann werden wir uns zum Papst begeben? ...«

Da der kleine Bischof nur mit lakonischem »Hm ...«, »Vielleicht ...«, »Das ist möglich ...«, »Kommt Zeit, kommt Rat ...« antwortete, vervollständigte der Pressemann die Antworten auf seine Weise, während er stenografierte.

»Aha! Kaufmann ist ja auch ein ordenlicher Beruf! ... Einsam sind wir alle irgendwo ... Der Papst wird sich freuen ... Kommunisten sind auch Menschen ... Die Regierung ist betroffen ...«

Als er sich schon anschickte, einen Vertrag über die Exklusivrechte des Interviews zu formulieren, wurde er drastisch unterbrochen, denn im Türrahmen erschien eine zahlreiche Meute von Technikern, die eine ganze Wagenladung elektronischer Geräte, Mikrofone, Lampen, Kabel, Stecker und Kameras ins Zimmer schleppte.

»Aha!« tönte eine sonore Stimme. »Wieder einmal vor uns Lunte gerochen! ... Na, komm, komm, mach Platz, mein Junge! ... Schon mal was von Optionen gehört? ...«

Und ohne auf den verbalen und heftig gestikulierenden Einspruch des jungen Mannes weiter zu achten, schob man ihn beiseite und schließlich zur Tür hinaus.

Ein großer Mann, außerordentlich lässig gekleidet – es war der mit der sonoren Stimme – begann überall im Raum die Geräte aufzubauen, Steckdosen zu suchen, Schränke zu rücken, und bald legte sich das Wirwarr der Kabel und Schnüre wie ein Spinnennetz kreuz und quer durch den Raum.

Mit einem sehr selbstsicheren »Einen Moment, bitte!« schob man die immer noch planlos herumstehenden Abgesandten der Bürger von einer Ecke in die andere, und ein langsames, wenn auch ungewolltes Ballett setzte ein, als die braven Leute mit allerlei Verrenkungen, Verbeugungen, Bücklingen, Heben der Beine den Schnüren und Kabeln auszuweichen suchten; als dabei schließlich eine Vase in Bruch ging, der chinesische Wandschirm umfiel, ein falsch gepoltes Verlängerungskabel zum Kurzschluß und explosionsartigem Bersten einer 2000-Watt-Lampe führte, tippten sie sich gegenseitig auf die Schulter und gaben sich durch ein resignierendes Kopfnicken zu verstehen, daß es unter den gegebenen Umständen wohl besser wäre, den Raum ihrer unterbrochenen Audienz still zu verlassen – hatten sie doch alle die gewisse Ahnung, daß man dem sonst zuvorkommen und sie vor die Tür setzen würde.

Die Einsprüche des wackeren Gerhard fanden auf seiten der Fernsehleute keine Beachtung, denn sein »Aber das geht doch nicht! . . . Das können Sie doch nicht machen! . . .« wurde stets mit »Einen Moment, bitte!« abgewehrt.

Hatte Gerhard bisher händeringend die Verrichtungen der Fernsehleute aufzuhalten versucht, so blieb ihm nun nichts übrig, als am Bett des Bischofs Zuflucht zu suchen. Erschöpft ließ er sich am Fußende nieder und starrte zerknirscht auf die Szene.

»Laß die Leute nur machen, mein Guter; sie wollen uns ja nicht ans Leben. Und außerdem wird es schon seinen Grund haben, wenn sie sich mit einem alten Mann solche Mühe machen. Kümmere du dich um das Frühstück. Ich komme, wenn das hier erledigt ist.«

Gerhard ging, und er würdigte keinen dieser hektischen Menschen eines Blickes. Das wäre ihm fast zum Verhängnis geworden: da er dies hocherhobenen Hauptes tat, wäre er beinahe über die Schlinge eines Kabels gestolpert, hätte ihn nicht der Beleuchter im letzten Augenblick aufgefangen.

»Ist ja noch mal gutgegangen . . .«, nuschelte er und schob den Kaugummi grinsend auf die andere Seite.

»Achtung! Aufnahme! Ruhe! . . . Aufnahme! ›Der kleine Bischof! Die erste!‹« schrie jemand. Zwei weißrote Hölzer schlugen hart aufeinander, und der Mann im Rollkragenpullover näherte sich, in der Hand ein Mikrofon, dem Bett.

Die beiden Kameraleute hatten längst Position bezogen; leise schnurrend traten die Kameras in Aktion, hielten ihr kaltes Auge auf das Bett gerichtet.

Der Rollkragenmensch begann leise und vornehm, als ob er eine Krönungsmesse in Notre-Dame zu Paris kommentiere:

»Während draußen eine unübersehbare Menge auf das Erscheinen seiner Exzellenz wartet, befinden wir uns hier im Schlafgemach seiner Exzellenz. Wir sind wie immer die ersten, denn Sie, meine Damen und Herren, haben ein Recht auf Information aus erster Hand ...«

»Das stimmt nicht!« sagte der kleine Bischof liebenswürdig, und der Rollkragenmensch erblaßte, faßte sich aber sehr schnell, denn er witterte eine interessante Wendung; und zwischen den Zähnen stieß er hervor: »Mitgehen! ... Schwenk!«, worauf die eine Kamera den Angriff auf den kleinen Bischof eröffnete und sein Gesicht ganz nahe heranzoomte.

»Es waren eben schon brave Bürger hier, vor Ihnen, um mir ...«

»Exzellenz werten dies also als eine politische Demonstration?«

»Wie? ... Nein, in keiner Weise ... Ich ...«

»Aha! Sie sehen, meine Damen und Herren, welche Wirkung die sich überschlagenden Ereignisse schon zeitigen: Man scheut nicht davor zurück, seine Exzellenz schon in ihrer Residenz mit politischen Parolen anzugehen.«

Der Rollkragenmensch setzte sich auf den gleichen Stuhl, den der Zeitungsmensch eben verlassen hatte.

»Exzellenz sind also der Meinung ...«

»Ganz und gar nicht!« sagte der kleine Bischof trokken.

»Aha! Was war denn Exzellenz' erste Reaktion?«

»Nun, das kam alles sehr plötzlich ...«

»Ich verstehe. Sie haben nicht damit gerechnet.«

»Wie sollte ich!«

»Aber nun ist es geschehen ...«

»Ja.«
»Und Exzellenz werden sich der Aufgabe stellen?«
»Nun ja, ich denke . . .«
»Werden Exzellenz die nächsten Tage im Hause verbringen?«
»Ja, ich muß das alles in Ruhe . . .«
»Sehr schön. Man erwartet das auch von Ihnen.«
»Es ist so, als ob man plötzlich ins Wasser . . .«
»Gewiß . . .«
»Es ist so, als ob plötzlich einer käme und sagte . . .«
»Richtig. Und damit muß man fertigwerden.«
»Gottes Wege sind unerforschlich . . .« Bei diesem Stichwort schwenkte die erste Kamera zum Kruzifix über dem Bett und zoomte das Antlitz des Schmerzensmannes in Großaufnahme heran.
» . . . man muß sich in Demut darein schicken . . .«
»So ist es. Nun kann es aber doch sein, daß weltliche Mächte an Sie herantreten . . .«
»Die Welt tritt immer an uns heran, und wir müssen damit leben. Sind Sie verheiratet?«
»Wie? . . . Ob ich verh . . . Ja, ich bin ver . . .«
»Kinder?«
»Ja, zwei.«
»Und Sie nehmen ihre Erziehung und Bildung ernst?«
»Ja . . . doch . . .«
»Sehen Sie, genau so ergeht es mir mit meinen Kindern. Ein Bischof ist Hirte, ist Vater: Pflicht und Güte! Darauf kommt es an! Alles andere ist Beiwerk!«
»Gewiß, und ich sehe . . .«
Aber nun schien der kleine Bischof die Rollen zu vertauschen.
»Haben Sie heute morgen, ehe Sie nach hier aufbrachen, ein freundliches Wort für Ihre Frau gehabt?«
»Meine Frau . . . Meine Frau ist . . .«
»Ja? . . .«
»Sie lebt seit zwei Jahren . . .«
»Ja? . . . ?«
» . . . getrennt von mir.«

»Dann ist es Ihre Pflicht, die Sache ins reine zu bringen. Fahren Sie zu ihr hin!«

»Das ist unmöglich!«

»Warum?«

»Sie ist emanzipiert. Sie mag das nicht. Sie lebt ihr eigenes Leben.«

»Und die Kinder?«

» . . . im Internat.«

»Geben Sie mir ihre Adresse. Ich werde ihr schreiben.«

Der Rollkragenmann notierte sie auf einem Zettel und reichte ihn dem kleinen Bischof.

»So sieht sie aus . . .« Er öffnete seine Brieftasche und entnahm ihr ein zerknittertes Foto.

»Eine hübsche Frau!« lobte der Bischof.

»Sie war früher ganz anders . . . ich meine, in ihrem Wesen.«

»Wir ändern uns alle. Wenn ich an meine Kinderträume denke: Ich wollte Briefträger werden . . . Ich stellte mir vor, wie schön es sein müßte, den Menschen frohe Botschaften zu bringen. Ich wollte ihnen nur frohe Briefe bringen. Dann wollte ich an der geöffneten Tür warten, bis man den Brief gelesen hätte, und dabei das Staunen, die Freude in ihren Gesichtern sehen . . . Und Sie?«

»Ich wollte Kapitän werden, wollte die Leute auf schöne, ruhige, paradiesische Inseln bringen. Natürlich in prächtiger Uniform. Auf einem weißen Schiff.«

»Ich wollte auch eine schöne Uniform . . .«

»Aber alles kam anders.«

»Ja, ganz anders . . .«

»Es läßt sich nicht ändern.«

»Nein.«

»So sitzen sich hier ein Kapitän und ein Briefträger gegenüber.«

»Ohne Uniform!«

»Ja.«

»Wären Sie Kapitän und ich Briefträger . . .«

»... so säßen sich hier kein Kapitän und kein Briefträger gegenüber.«

»Worüber würden sie sprechen?«

»Nicht über Schiffe und Briefe. Vielleicht über Bischöfe und Fernsehen.«

»Ich hätte Ihnen auch Briefe gebracht.«

»Ich hätte Sie gerne an Bord genommen.«

»Aber Gott wollte es anders.«

»So ist es.«

»Er wollte nicht, daß Sie Kapitän und ich Briefträger wurden.«

»Ja. Aber im Grunde unseres Herzens sind wir es geblieben.«

»Das ist richtig. Fragen Sie Ihre Frau, was sie eigentlich werden wollte.«

»Ich werde es tun ...«

»Fein. Grüßen Sie sie von mir!«

»Ich danke Ihnen, Exzellenz, für dieses Gespräch.«

So schnell, wie sie gekommen, waren sie mit ihren technischen Utensilien wieder verschwunden. Schon in der Tür, wandte sich der Rollkragen noch einmal um, sagte lächelnd:

»Briefträger ...«

Und der kleine Bischof lächelte sanft mit segnend erhobener Hand zurück:

»Kapitän ...«

Dann riß sich der Rollkragen zusammen und eilte aus dem Zimmer.

Gerhard war wieder da.

»Exzellenz sollten den Leuten draußen einige Worte sagen. Sie erwarten das. Im übrigen ist das Frühstück fertig.«

»Ja, die Pflicht! Pflicht und Güte!«

Der kleine Bischof erhob sich. Gerhard half ihm beim Ankleiden, und zehn Minuten später stand der Bischof allein, in vollem Ornat, auf dem Balkon zur Straße.

ZWEITES KAPITEL

Der kleine Bischof hält eine Rede und empfängt die Parteivorsitzenden

Der Balkon war seit zweihundert Jahren nicht mehr benutzt worden. Es wurde nur hin und wieder die Tür einen Spalt breit geöffnet, um etwas frische Luft in das große Arbeitszimmer zu lassen. Darum hatte Gerhard einige Bedenken, ob das steinerne Gebälk, dessen Enden in zwei Löwenköpfen ausliefen, die Last des kleinen, aber gewichtigen Bischofs hinnehmen würde. So öffnete er einstweilen die Tür nur so weit, daß er selbst sich hindurchzwängen konnte; er tat dies auf allen vieren, denn er wollte nicht gesehen werden.

Dennoch verfolgte die Menge draußen alles, was in der Höhe des ersten Stockwerks vorging, mit Argusaugen, und ein Jubelschrei hallte über den Platz, als man sah, wie die Tür sich öffnete.

Doch da man niemanden sah, verhallte der Ruf wieder. Währenddessen schob sich Gerhard, ganz flach auf dem Boden, Zentimeter um Zentimeter nach draußen und horchte in das Gestein: Es blieb stumm. Er zog den vorsorglich mitgebrachten Hammer hervor und klopfte, sich vorbeugend, den Boden ab. Er schien fest zu sein.

Nun war in der erwartungsvollen Stille das Hämmern unten deutlich zu vernehmen, und handwerklich versierte Leute unter den Wartenden gaben mit Kennermiene Erklärungen ab: Es käme vor, daß die Heizung bei Störungen solche Schläge in die Rohre abgebe, die dann, sich im Wasser verstärkend, durch das ganze Gemäuer hallten. Andere meinten, man habe schon mit dem Um-

und Ausbau der Residenz begonnen, da die Zeit ja nun dränge. Doch dann verstummten die Schläge, und jemand meinte, die Leute machten nun Frühstückspause.

Gerhard kroch zurück in den Raum und suchte nach einem Schemel. Doch ein solcher befand sich in der Bibliothek im zweiten Stock. So griff er entschlossen nach den sechs Bänden von Augustinus' »Gottesstaat«, die seit Menschengedenken auf dem großen Arbeitstisch standen, und es gelang ihm nach sechsmaligem Anschleichen, die zehnpfündigen Quartbände so auf dem vorderen Teil des Balkons zu stapeln, daß je zwei aufeinanderlagen.

Schwieriger war es schon, eine der persischen Brücken ungesehen hinauszubugsieren, was aber schließlich ebenfalls zu seiner Zufriedenheit gelang. Die improvisierte Empore sah aus wie ein kleiner Altar, und im stillen bat er den heiligen Augustinus um Verzeihung für die Zweckentfremdung seines Werkes; zugleich war er jedoch überzeugt, daß der Kirchenvater es unter den gegebenen Umständen wohl ähnlich gemacht haben würde.

Der kleine Bischof hatte die ganze Zeit über hinter dem Vorhang gestanden, hatte weniger ein Auge für das umsichtige Tun seines Sekretärs, als für die Menge da draußen. Noch nie während seiner langen Amtszeit war er so vielen Menschen Auge in Auge gegenübergestanden.

Gerhard öffnete entschlossen beide Flügel, griff nach dem Arm Seiner Exzellenz und führte den kleinen Bischof hinaus. Der ließ alles mit sich geschehen.

Zunächst sah man wenig, doch dann stieg der Bischof auf den »Gottesstaat«, von Gerhard vorsorglich noch eine Weile gehalten, der auch im folgenden seine Hand tunlichst in der Nähe hielt.

Jubel brauste auf; Väter wiesen ihre Kleinen mit der Hand nach oben. Die Sprechchöre setzten wieder ein.

»Lang lebe unser kleiner Bischof! – Lang lebe unser kleiner Bischof!« Dazwischen wieder Beifall. Und den ganz Alten in der Menge flossen Tränen über die Wangen: hatten sie es doch nicht für möglich gehalten, daß man ihnen vor ihrem Tode noch einmal die Gelegenheit geben würde, so offen ihren geheimen Sehnsüchten nach öffentlich bekundeten Sympathiebeweisen Raum zu geben. Ach, wie lange war es her, daß sie, eingekeilt zwischen ihresgleichen, zu solcher Rührung gebracht worden waren. Und alles, was sich in ihnen seit Jahrzehnten angestaut hatte, brach sich Bahn. Sie wurden wieder jung. Es war herrlich, gemeinsam sentimental sein zu dürfen, zumal der Anlaß ein so gottgefälliger war, ohne Gefahr zu laufen, im nachhinein vom eigenen oder von einem an die Kandare gelegten Gruppengewissen gepeinigt zu werden.

Und der kleine Bischof? – Er stand tapfer auf dem »Gottesstaat« – und fror. Er mußte sich zwingen, nicht die Hände wärmend gegeneinanderzuschlagen. Abwechselnd hob er die Linke und die Rechte zum Gruß, und entzückt nahm die Menge die Geste auf; einige knieten, wohl in Erwartung des Segens, nieder, erhoben sich aber wieder, da der kleine Bischof keinerlei Anstalten dazu traf. Andere verfolgten jede seiner Gesten und gingen dann in die Knie, wenn sie meinten, nun müsse der Segen kommen, erhoben sich aber sehr schnell, um sich keine Blöße ihrer liturgischen Unwissenheit zu geben. Es gab auch solche, die während dieses ständigen Auf und Ab um sie herum die Nerven behielten und grimmig entschlossen stehenblieben, den Blick starr, ernst und gemessen auf den kleinen Bischof gerichtet.

Das ging so eine ganze Weile. Dann wurde es still. Niemand bewegte sich, alle schauten hinauf.

»Exzellenz sollten nun den Leuten etwas sagen ... Man erwartet das von Exzellenz ...«, flüsterte Gerhard aus dem Hintergrund.

Der kleine Bischof nickte – was einige unten als persönliche Geste der Zuneigung verstanden, und sie klatschten; aber er wußte nicht, wie er beginnen sollte. Er war sehr wohl imstande, eine gelehrte Exegese über jede gewünschte Bibelstelle niederzuschreiben; er verstand es

auch, aus dem Stegreif von der Kanzel seiner Kirche den Leuten gewaltig ins Gewissen zu reden – aber dort fühlte er sich sicher im gewohnten Rahmen seiner barocken Heiligen, die in mittlerer Höhe des Kirchenschiffes von den Säulen lauschten, und auch die Leute wußten von vornherein, daß er ihnen wieder einmal moralisch, sittlich und christlich die Leviten lesen würde.

Das hier war etwas ganz anderes. Die Konstellation war völlig neu: Wie sollte er sie anreden? – Die Zeit drängte, er vertraute seiner Spontaneität, wohl wissend, daß er kein Meister der freien Rede war, aber nun mußte er etwas sagen.

»Es erfüllt uns mit großer Freude, daß ihr ... wie soll ich euch nennen ... ihr braven Leute schon zu so früher Stunde zu unserer Begrüßung erschienen seid.«

Beifall klang wieder auf.

»Wir haben dies besonders zu schätzen, weil wir wissen, wie viele von euch, vom Schicksal gebeutelt, den Glauben an den Herrn ... den Gedanken an den Herrn ...«

» ... vernachlässigt haben«, flüsterte Gerhard.

» ... vernachlässigt haben ... ihn nun aber ... mit guten Vorsätzen gewappnet ... ergreifen wollen ... Ihr seht mich verwirrt. Ich bin es nicht gewöhnt, große Worte zu machen. All dies, was geschehen ist, ist für uns alle so ... so aufregend, daß wir wohl erst einmal in Ruhe nach Hause gehen sollten, um alles zu überdenken ... Es segne euch der allmächtige Gott: der Vater, der Sohn und der Heilige Geist!«

Und nun knieten sie nieder, ohne Ausnahme, und der kleine Bischof segnete sie, das heilige Zeichen nach drei Seiten austeilend; und die Rührung erfaßte den ganzen Platz, griff auf die Beamten in Zivil über, die, um ihr Inkognito zu wahren, ebenfalls in die Knie gegangen waren, gehörten sie doch sämtlich, wie es der Zufall wollte, zum protestantischen Glauben.

Mit frohen, leuchtenden Gesichtern ging die Menge auseinander, während Gerhard der Exzellenz vom frommen Podest half, den Bischof behutsam ins Zimmer zurückgeleitete.

»Mein Gott! Welch ein Tag!« rief der kleine Bischof, nahm die hohe Mitra ab, faltete sie sorgsam zusammen und legte sie auf den Schreibtisch, ließ sich in den hochlehnigen Sessel fallen und beobachtete, wie Gerhard, nun frei und aufrecht, den »Gottesstaat« an seinen angestammten Platz zurückbrachte, auch die Brücke wieder ordentlich vor dem Schreibtisch ausbreitete.

Dann half er ihm mit gekonnten Griffen, das Gewand abzulegen.

»Ich kann es noch gar nicht glauben«, fuhr der kleine Bischof fort, und es klang, als ob er laut dachte.

Gerhard kam, wie immer, auf das Nächstliegende.

»Exzellenz sollten erst einmal frühstücken. Exzellenz werden heute viel Kraft brauchen.«

Schon stand er mit stummer Aufforderung hinter dem Sessel, und es blieb dem Bischof nichts als sich zu erheben und, der einladenden Geste Gerhards folgend, ins große Eßzimmer zu schreiten, wo Gerhard ein kalorienreiches Mahl auf bestem Meißner Porzellan serviert hatte.

»Ich möchte lieber in der Küche essen«, maulte der Bischof, dem schon jetzt vieles lästig erschien, weil er ahnte, daß die geruhsamen Tage bis auf weiteres vorbei waren.

»Exzellenz sind zu bescheiden! Exzellenz müssen von nun an in einer Ihrem Status angemessenen Weise speisen.«

Der kleine Bischof spürte, daß Widerspruch nutzlos war, hatte es sich doch im Laufe der letzten zwanzig Jahre stets so ergeben, daß Gerhard in kleinen Dingen seinen Willen durchzusetzten wußte, und unter diesem Aspekt herrschte zwischen beiden jener selbstverständliche Ton, den oft eine langjährige Ehe kennzeichnet.

Der Bischof versuchte einen letzten Protest:

»Es sieht doch niemand, wo und wie ich jetzt esse. Und dem Herrn ist es egal!«

»Darf ich Exzellenz daran erinnern, daß auch der Herr beim letzten Abendmahl großen Wert auf seine Reputation und die Sitten der Zeit legte. Leonardo hat das genial nachempfunden!«

»Gewiß, aber ich bin nicht der Herr, und hier handelt es sich um ein schlichtes Frühstück!«

»Schon-schon! Aber in den kleinen Dingen offenbart sich das Große. Wie die Dinge nun einmal liegen, müssen wir jederzeit damit rechnen, daß weltliche Mächte an uns herantreten! Und dies selbst beim Essen! Könige pflegten früher aus jeder Mahlzeit eine Staatsaktion zu machen und ließen das Volk zuschauen!«

Der Bischof antwortete nicht darauf, denn er hatte sich längst angewöhnt, Gerhards differenzierte Ermahnungen und Reminiszenzen zu überhören und sich auf solche Weise einen Freiraum zu schaffen, der ihn gelassen über den Dingen stehen ließ, wenngleich er sich anfangs stets ärgerte und seine Demut erst allmählich die Oberhand gewann. Auf der anderen Seite war ihm Gerhards unbedingter Respekt sicher, wenn es um die großen Entscheidungen seines Amtes ging.

Das wie stets reichhaltige Frühstück versöhnte ihn denn auch augenblicklich: das geköpfte, halbweich gekochte Ei lockte ebenso wie die beiden knusprigen Brötchen, die warme Milch mit Honig und die dicke Scheibe Holländer Käse. Das obligate Glas Tomatensaft fehlte auch nicht; er trank zwar lieber Karottensaft, hatte sich aber Gerhards Argumenten beugen müssen, daß Tomatensaft des Eisens wegen vorzuziehen sei.

Gerhard, Frühaufsteher, hatte längst sein karges mönchisches Mahl eingenommen; er saß nun dem Bischof gegenüber und beobachtete den Fortgang des flinken Hantierens seiner Exzellenz, denn der Bischof aß sehr schnell. Dabei entspann sich der stets gleiche Dialog, den der Bischof begann:

»Ist die Post schon da?«

»Nein, sie kommt erst um neun.«

» . . . dabei hätten sie genug Leute, die Briefe pünktlich auszutragen.«

Er nahm einen großen Schluck Milch, wollte sich mit

der Hand über den Mund fahren, ließ es aber bleiben, als er sah, wie Gerhard auf der Lauer lag, und benutzte umständlich die Serviette. Nun das zweite Brötchen! Gerhard warf ein:

»Die Leute schreiben sowieso zuviel unnützes Zeug.«

»Die Papierindustrie will auch leben!« murmelte der Bischof kauend. »Ich bin da ganz anderer Meinung: Seit der Erfindung des Telefons reden die Leute zuviel. Wenn sich heute einer die Mühe macht zu schreiben, muß er schon einen wichtigen Anlaß haben.«

»Ganz und gar nicht!« rief Gerhard. »Wichtige Dinge werden heute per Telefon erledigt. Das Schriftliche besteht ja doch nur aus Floskeln und Phrasen ... Diese schrecklichen Glückwunschkarten!«

Das Telefon im Arbeitszimmer läutete.

»Verzeihung!« sagte Gerhard und verschwand im Nebenraum.

Der kleine Bischof hielt mit dem Kauen inne, spitzte die Ohren und lauschte mit schräg gehaltenem Kopf hinüber:

»Ja? ... Wer? ... Aha! ... Doch, das geht ... Wieviel? ... Alle drei? ... Und der vierte? ... Aha! ... Nein ... Ja, ich verstehe ... Gut, in fünf Minuten!«

Der Hörer wurde aufgelegt, und der Bischof kaute gelassen weiter, als Gerhard mit gewichtiger Miene wieder den Raum betrat.

»Die drei Parteivorsitzenden bitten um die Ehre, Exzellenz ihre Aufwartung machen zu dürfen.«

»Welche drei?«

»Lohe, Wirsing und Tauber.«

»Und Falk?«

»Seine Zentrale hat noch nichts verlauten lassen. Er käme erst heute mit einer Sondermaschine der Luftwaffe aus China zurück.«

»Was wollen sie denn?«

Der kleine Bischof putzte sich sehr ordentlich den Mund ab und faltete das Tuch ebenso ordentlich zusammen.

»Das werden wir bald wissen. Exzellenz sollten den Empfangsraum benutzen!«

»Mit Mitra?«

»Mit Mitra!«

»Nun denn, wenn es sein muß . . .«

Gerhard half dem Bischof, vom Stuhl hochzukommen.

»Warten Sie hier, ich hole den Ornat.«

Gerhard verschwand aus dem Raum. Der kleine Bischof stand neben dem Tisch und überlegte, wo er seine Pfeifen liegen hatte. Im Schlafzimmer? Nein. In der Küche! Die Zeit würde reichen, sie zu reinigen und zu stopfen.

Er ging zur Tür, öffnete sie vorsichtig und beugte sich vor: niemand zu sehen! Er trat auf den Gang. Mit schnellen, flinken Schritten, halb laufend, halb gehend, eilte er bis ans Ende, riß die Tür zur Küche auf und ließ den Blick schweifen. Die große »Krocket« lag auf der Fensterbank. Er ging hin, ergriff sie, kramte in seiner Hosentasche nach dem Stopfer: Ein Stück Kordel wurde zu Tage gefördert, einige Streichhölzer, ein Bleistiftstummel (er benutzte ihn gerne als Stopfer), eine angebrochene Streichholzschachtel, eine Büroklammer und endlich das Utensil selbst. Mit flinker, geübter Bewegung reinigte er den geschwärzten Kopf und kippte Asche und Tabakreste in Ermangelung eines Aschenbechers in die Spüle, wohl wissend, daß dies nicht rechtens war und daß es eine Standpauke Gerhards setzen würde. Dann nahm er mit gekonnten Griffen das Rauchinstrument auseinander, holte aus der rechten Jackentasche einen leuchtend gelben Pfeifenreiniger, erfreute sich der Farbe, bog ihn in doppelte Form, sezte die nebeneinanderliegenden Enden in die hintere Öffnung des Holmes, knickte das überstehende Ende im rechten Winkel, betätigte den baumwollbehaarten Draht mehrmals drehend hin und her, zog ihn heraus, schnupperte kurz an dem Teergeruch – er liebte ihn über alles –, warf nun den mit braunschwarzem Sud behafteten Reiniger ebenfalls zu den Krümeln in der Spüle, setzte einen frischen Filter ein und steckte beide

Pfeifenteile zusammen; nun hielt er die Pfeife vor das rechte Auge und prüfte, ob das Ende des Mundstücks auch waagrecht zum Kopf der Pfeife saß. Er nickte. Er war stolz darauf, daß ihm dies immer auf Anhieb gelang.

Schon hörte er auf dem Gang Männerstimmen und Schritte: Sollten sie doch warten! Das hier war wichtiger! In aller Ruhe stopfte er die Pfeife mit einem dunklen Cavendish, achtete darauf, daß der Tabak unten locker, oben fest lag und daß keine Fasern über den Pfeifenkopf hinausragten. Nun war er gewappnet! Mochte kommen, was da wolle: nun stand der schönste Augenblick des Tages bevor, wenn er das köstliche Kraut zum Glimmen bringen und die ersten aromatischen Düfte an den Geruchszellen seiner dafür besonders ausstaffierten Nase vorbeistreifen würden. Aber vielleicht wäre es besser, mit dem Anzünden zu warten, bis die bevorstehende Begegnung über den ersten, offiziellen Teil hinausgekommen war. Er hoffte, Wirsing würde ebenfalls seine Pfeife mitbringen. Das würde alles erleichtern!

Schon nahten die unverwechselbaren Schritte seines Sekretärs, und er versteckte die gefüllte Pfeife in der linken Innentasche seiner schwarzen Jacke.

Da stand Gerhard auch schon in der Tür, beladen mit den diversen Teilen des bischöflichen Ornats.

»Aber Exzellenz!«

»Ich habe nur einen Schluck Wasser getrunken«, log der kleine Bischof und frohlockte innerlich, denn es war nun nicht die Zeit, von Gerhard über die gesundheitsschädlichen Folgen von ungekocht eingenommenem Leitungswasser belehrt zu werden.

»Es eilt!« zischte Gerhard, breitete das Gewand so aus, daß der Bischof, in gebückter Haltung, von unten in die für den Hals vorgesehene Öffnung schlüpfen konnte. Dann stand er still und aufrecht, mit hängenden Armen, so wie ein Knabe, der sich von seiner umsorgenden Mutter für einen winterlichen Spaziergang herrichten läßt. Und es dauerte eine ganze Weile, bis Gerhard all die zahlreichen Einzelteile, deren jedes seine besondere historische, liturgische und symbolische Bedeutung hatte, an den dafür vorgesehenen Platz gebracht hatte.

Auch dieses Zeremoniell war, wie alle Tätigkeiten, die sonst wohl zum Metier eines Kammerdieners gehörten, tausendfach geübt. Alle Handreichungen, Bewegungen und Anordnungen waren auf die bestmögliche Weise so standardisiert, daß sie beide den Ablauf mit verbundenen Augen hätten steuern können.

Allerdings behielt sich der Bischof stets vor, die Mitra mit eigener Hand aufzusetzen, was immer damit seinen Abschluß fand, daß er nach mehrmaligem Verrücken der hohen Kopfbedeckung mit den vier parallel gelegten Fingern seiner rechten Hand Maß nahm, ob der Abstand zwischen der vorderen, unteren Kante der Mütze und den Augenbrauen stimmte, wie auch, ob der Längsbalken des vorne aufgenähten Kreuzes senkrecht über dem Grat der Nase stand. Währenddessen stand Gerhard aufmerksam daneben und gab seinem Einverständnis oder seiner Kritik durch mehrmaliges Nicken oder Drehen des Kopfes Ausdruck.

Die Art der Fortbewegung, mit der nun der kleine Bischof seinen Weg durch den Gang nahm, stand in augenfälligem Gegensatz zur vorherigen, als er die Pfeife suchte, denn er wußte sehr wohl, daß Kleider Leute machten und der schwere Ornat eine seinem symbolischen Gehalt angemessene Gangart erforderte: War er doch befrachtet mit unzähligen Legenden, frommen Erinnerungen und Bezügen, die schon einen normalen Sterblichen zu einer hinhaltenden Bewegung veranlaßt hätten.

So ging er denn mit größeren, nun sehr beherrschten Schritten in der Mitte des Ganges, während Gerhard besorgt um ihn herumeilte, ihn während des Gehens von allen Seiten kritisch beäugte, dabei prüfend, ob alles seinen korrekten Sitz habe, wohl auch hin und wieder den Bischof anhielt, um hier und dort eine Falte zu ordnen, das Gewand links oder rechts etwas zu heben oder zu senken, vor allem aber darauf achtend, daß die hinteren Bänder

der Mitra in schönem, gefälligem Winkel auf dem rückwärtigen Teil des goldbestickten Überwurfs auflagen.

So erreichten sie den vorderen Teil des Ganges in Höhe des Audienzzimmers, und nun sprang Gerhard vor, öffnete – nein: riß – mit großer Geste beide Flügel auf und rief in den Raum:

»Seine Exzellenz!«

Den Geräuschen drinnen war zu entnehmen, daß man sich erhob.

Nun trat Gerhard zur Seite und hieß den kleinen Bischof mit einem freundlichen Nicken in den Raum treten. Und seine Exzellenz genoß die Zeremonie sichtlich: Der Bischof ging zwei Schritt nach vor, so daß er im Türrahmen stand, flankiert von beiden weitgeöffneten Flügeln, verharrte so eine Weile im herrlichen Glanz des Ornats, auf dem sich die schräg ins Zimmer scheinende Sonne spiegelte – und lächelte. Es war jenes Lächeln, dem nichts und niemand zu widerstehen vermochte, da jeder spürte, daß es durch und durch gütig war; ja es war so angelegt, daß man ahnte, der Bischof vermöchte von sich selbst und dem ihm aufgezwungenen Pomp heiteren Abstand zu nehmen. Dies Vermögen zur Selbstironie war in jedem der Fältchen rechts und links der Augen, besonders aber in den beiden Wangengrübchen zu lesen.

So stand er eine Weile, gab sich sozusagen zur wohlwollenden Besichtigung frei, und die drei Herren verharrten in angemessener Weise stehend vor ihren Sesseln, mit steif hängenden Armen – was sollten sie sonst auch tun? – und waren sichtlich beeindruckt von des Bischofs Erscheinung. Und wie es bisweilen geschieht, sprang sein Lächeln, weil es rein war, über, und die drei lächelten gelöst zurück, weil sie für kurze Zeit vergessen hatten, weshalb sie überhaupt hier waren.

Da hob der Bischof die Arme, breitete sie aus und schritt in dieser Haltung auf die drei zu.

Nun entstand allerdings auf seiten der Politiker ein – vorerst noch höfliches – Feilschen um die Ehre des Vortritts bei der Begrüßung; zunächst war es mehr ein Kampf mit grimmigen Blicken, der dann jedoch – man wurde sich nicht einig – in eine verbale Auseinandersetzung überwechselte.

»Ich bin der Älteste! Und meine Partei hatte schon Kontakte zum Heiligen Stuhl, als es Sie überhaupt noch nicht gab!« grollte Lohe, und das Löckchen über der Stirn zitterte. Er schloß den Mund abrupt zu einem schmalen Strich.

»Was Sie, lieber Kollege, ›Kontakte‹ nennen, waren doch wohl in Wahrheit Verunglimpfungen!« donnerte Wirsing dazwischen. »In diesem unserm Lande gibt es doch wohl nur eine Partei, die sich, ihrer hohen Verantwortung bewußt, christliches Ethos zum Programm erhoben hat! Ich muß Sie also bitten, den Platz zu räumen!«

Und schon schickte er sich an, den Konkurrenten zur Seite zu drängen, was jener nicht so ohne weiteres hinzunehmen bereit war, und zwischen beiden begann ein derbes Handgemenge mit Schubsen und Schieben, Rempeln, Auf-die-Füße-Treten. Die Auseinandersetzung eskalierte zusehends, und da sie mit zunehmendem Engagement auf beiden Seiten geführt wurde, vergaßen sie alles um sich herum, so daß es Tauber mit zum Himmel gerichteten Blick gelang, sich geschickt vor beide Kämpfer zu plazieren.

»Exzellenz!« begann er mit seiner näselnden Stimme, und sein an sich schon trauriges Gesicht wurde noch trübsinniger. Er ließ die Hängebacken deutlich eine Spur nach unten fallen:

»Exzellenz mögen die Auswüchse dieses unwürdigen politischen Stils, der nicht der unsrige ist, verzeihen. Ich darf Exzellenz im Namen meiner Partei der wenigen Aufrechten sowohl unserer Trauer und Anteilnahme über den Verlust, der die Kirche getroffen hat, als auch der Freude darüber Ausdruck verleihen, daß Exzellenz als letzter Bischof gerade aus unserem Vaterland hervorgegangen sind. So mögen Exzellenz als Zeichen unserer stets alle Seiten würdigenden Denkungsart dieses kleine Präsent entgegennehmen . . .«

Schon schickte er sich an, ein blaues, mit gelben Banderolen verziertes Päckchen zu überreichen, als Wirsing und Lohe mit ihren Handgreiflichkeiten schlagartig aufhörten und wie aus einem Munde riefen:

»So nicht! Das ist schlechter politischer Stil!«

Und schon packten sie Tauber am Kragen, zogen ihn zurück, was dieser, resigniert mit den Schultern zuckend, mit sich geschehen ließ.

Der kleine Bischof hatte natürlich schon längst die ausgestreckten Arme sinken lassen, hatte wohl auch zunächst amüsiert, dann erstaunt und schließlich erschrokken das Gerangel um die Hackordnung wahrgenommen und war nun um ein Agreement bemüht.

»Meine lieben, lieben Herren . . .«, sagte er mit gütig warmer Stimme. »Da Sie sich ja nun nicht einig werden können, wem der Vortritt gebührt, wollen wir es denn also bei einer allgemeinen Begrüßung ohne Ansehen der Person und Partei belassen. Vor Gott sind wir alle gleich!«

»Sehr wahr!« bekräftigte Wirsing und nickte energisch; und Lohe meinte:

»Dem ist ohne Zweifel zuzustimmen!«

Tauber wollte nicht hintanstehen. Er hob den Blick, riß beide Augen ohne sichtbaren Anlaß weit auf, wie es bisweilen seine Art war, und meinte:

»Ich würde meinen, man hätte früher daran denken müssen . . . Es ist nicht die Art meiner Partei . . .«

»Nun hören Sie doch wenigstens hier auf, alles zu relativieren!« grollte Lohe und räusperte sich. »Ich sehe keinen Grund, daß wir dem nicht zustimmen könnten. Geht es doch hier um die Eintracht aller Demokratien.«

»Das ist ohne Einschränkung akzeptierbar«, fügte Wirsing hinzu. »Dieses unser Land hat es verdient.«

»Genau das würde ich gesagt haben wollen«, meinte Tauber leise und schwieg.

Sie standen immer noch alle, und der kleine Bischof, dem die Last der verschiedenen Tuniken, Bänder und der Mitra unangenehm wurde, lud sie ein, doch bitte wieder

Platz zu nehmen, und sie schickten sich auf der Stelle dazu an, wobei Gerhard wie ein Schatten zwischen den Herren hin- und herwechselte und ihnen die Sessel unterschob, den vierten dann so um den Tisch herumrollte, daß er in gleichem Abstand zu den Besuchern mitten im Raum stand. Als der Bischof sich niederließ, ächzten die alten Federn, doch Erziehung und Anstand ließen sie es überhören.

»Es freut uns außerordentlich«, begann der Bischof in dem Bestreben, die Wogen zu glätten, »daß die Herren so spontan den Weg zu uns gefunden haben. Schon immer waren es Ziel und Wunsch der Mutter Kirche, zu den Institutionen des Staates und der Gesellschaft ein gutes, ausgewogenes Verhältnis zu haben . . .«

Die drei nickten im Einvernehmen und wohlwollend.

»So soll es auch in Zukunft bleiben«, fuhr er fort, »der eine achte die Grenzen des andern: Gebt dem Kaiser, was des Kaisers, und Gott, was Gottes ist!«

In diesem Augenblick kam Gerhard, der eine Weile außerhalb des Zimmers gewesen war, mit einem Umschlag in den Raum und reichte ihn dem Bischof.

»Ein Telegramm!« bemerkte Gerhard, und der Bischof öffnete den Umschlag.

»Sie entschuldigen, bitte . . .« Er las und nickte beim Lesen.

»Hm . . . Es steht uns nichts im Wege, Ihnen meine Herren Vorsitzenden, den Inhalt dieser Depesche kundzutun.«

Die drei horchten auf. Der Bischof fuhr fort:

»Es handelt sich um eine Grußbotschaft von Herrn Dr. Falk aus China . . .«

Die drei lächelten freundlich, Lohe und Tauber zwinkerten sich heimlich zu.

»Herr Dr. Falk wird seinen Besuch abbrechen und in Kürze hier eintreffen . . .«

Den dreien gefror das Lächeln.

»Das ändert die Situation von Grund auf!« sagte Tauber und riß weit die Augen auf.

»Dann«, sagte Wirsing und blickte zur Decke, »muß ich darauf bestehen, mit Exzellenz unter vier Augen zu sprechen!«

»Das könnte Ihnen so passen!« knurrte Lohe heiser. »Was Ihnen recht ist, muß uns billig sein. Exzellenz werden verstehen, daß auch meine Partei, die ich hier vertrete, mit Exzellenz unter vier Augen sprechen muß.«

Der kleine Bischof verstand dies zwar in keiner Weise, da sein Denken gradlinig und ohne Taktik verlief, doch er wollte nicht unhöflich sein, hatte er doch auf diesem Felde keinerlei Erfahrung.

Also sagte er: »Bitte!«

»Wir sollten darüber abstimmen«, sagte Wirsing und formulierte sogleich den Antrag:

»In Anbetracht der überraschenden Wendung, die dieser Gedankenaustausch durch das Telegramm des Herrn Dr. Falk genommen hat, wird beantragt, das bislang unter acht Augen stattgefunden habende Gespräch – er blickte in die Runde – zu unterbrechen.«

»Einverstanden!« dröhnte Lohes tiefer Baß, während Tauber sich räusperte:

»Ich würde meinen wollen . . .«

»Also auch einverstanden?« fragte Wirsing. Tauber blieb dabei:

»Ja, aber ich würde gemeint haben wollen . . .«

»Er ist doch einverstanden, wie Sie hören!« knurrte Lohe.

»Nun denn der zweite Teil des Antrags: Fortsetzung des Gedankenaustauschs unter vier Augen . . .«

»Einverstanden!« sagte Lohe und blickte starr geradeaus. Dann sahen sie Tauber an. Er riß die Brauen hoch, seine Augen traten wieder plastisch hervor:

»Ich darf darauf hinweisen, daß ich meinen gewollt haben würde . . .«

»Also einverstanden!«

»Exzellenz!« rief Wirsing nun forsch, setzte sein oft geübtes breites Lachen auf. »Wie Exzellenz gehört haben, möchten wir die Gruppenaudienz in eine Einzelaudienz übergehen lassen. Die Umstände zwingen uns dazu.«

»Machen Sie es nur, wie Sie wollen und wie es Ihnen am besten erscheint. Wen darf ich denn zuerst bitten?«

Der kleine Bischof hatte sich erhoben. Auch die anderen standen auf. Der Bischof, der ahnte, daß die Herren sich wieder erst nach einer längeren Debatte über die Reihenfolge einigen würden, schlug vor, man solle nach dem Alphabet vorgehen, allerdings in umgekehrter Reihenfolge, damit niemand benachteiligt sei; und so geschah es denn auch.

Der Bischof bat Wirsing mit einer freundlichen Handbewegung ins Nebenzimmer, einen Raum, der etwas kleiner und auch intimer eingerichtet war.

Es würde zu weit führen, wollten wir alle drei Gespräche in allen ihren Einzelheiten wiedergeben. Es wäre auch völlig überflüssig, da alle dasselbe sagten. Lohe stieß direkt und unverblümt zum Thema vor; Wirsing sang erst ein Loblied auf Heimat, Vaterland und die Geschichte »dieses unseres Landes«; Tauber erging sich zunächst in Fragen über das Wohlbefinden seiner Exzellenz, lobte das Mobiliar und den schönen Ausblick in den Park – aber letztlich lief alles Reden, Loben, Warnen, Beschwören und Bitten auf folgenden Plan hinaus:

1. Da der kleine Bischof ja nun der letzte Bischof sei, rangiere er gleich hinter dem Papst! Das aber bedeute, daß die Welt nun auf dieses unser Land blicke und daß sie, in wie auch immer gearteter Weise, neue Impulse aus dem neuen Verhältnis zwischen Staat und Kirche, das wohl einmalig in der gesamten Geschichte sei, erwarte.

2. Jeder der drei Parteiführer wies nach, daß es gerade seine Partei sei, die schon immer, seit ihrem Bestehen, ja schon vorher, ein Ohr für die Belange der Kirche gehabt habe. So sei es doch nichts weniger als gerecht, wenn die Kirche, vertreten durch die Person des kleinen Bischofs, ein wenig Dankbarkeit zeige und die Interessen seiner Partei unterstütze.

3. Das Beste, dies auch äußerlich sichtbar zu zeigen, sei

doch wohl, Exzellenz würde sich dazu aufschwingen, der Partei beizutreten. An diesem Punkt angelangt, wies jeder der drei nach, daß seine Partei fraglos die geeignetste sei, denn alle ihre ideellen, religiösen, theologischen, sozialen Ziele deckten sich weithin mit jenen des Bischofs und der Kirche, die dieser als Bischof vertrete.

Schweigend hörte der kleine Bischof der Argumentation zu, nickte bisweilen oder schüttelte leicht den Kopf, entschied sich dann aber, wie zu erwarten, nicht, sondern bat um Bedenkzeit. »Wir können warten«, beteuerten alle drei. Und jeder der Herren malte sich beim Hinausgehen Chancen aus, den Bischof für sein Programm gewonnen zu haben.

Während Gerhard die Vorsitzenden der Reihe nach zu ihrem Wagen begleitete, ließ sich der kleine Bischof, nachdem alle gegangen, erschöpft in den Stuhl hinter dem Schreibtisch sinken, um seine Gedanken zu ordnen.

Er hatte doch etwas vergessen ... Ach ja, er hatte noch nicht seine Morgenpfeife geraucht. Allerdings steckte sie in der inneren Jackentasche, unter dem schweren Ornat, war folglich unzugänglich.

Er versuchte, sich der verschiedenen Hüllen zu entledigen. Doch es gelang nicht. Er probierte es mehrmals, aus verschiedenen Winkeln und Stellungen. Umsonst! Er bekam das schwere Kleidungsstück nicht über den Kopf und verhedderte sich in den Ärmeln. Er sah auch nichts, da der Halsausschnitt verrutscht war, und statt des Kopfes der linke Arm durch die Öffnung nach außen gelangt war. Er begann auf unfromme Art zu schimpfen.

»Darf ich Ihnen behilflich sein, Exzellenz?«

Der kleine Bischof erschrak und hielt inne. Er sah ja nichts. Doch ganz gleich, wer da im Zimmer war, er mußte seine Hilfe in Anspruch nehmen.

»Ja, bitte, wenn Sie so freundlich sind«, sagte der Bischof.

Sogleich griff der Fremde zu, faßte die Tunika an beiden Schultern – »Wenn Exzellenz etwas in die Knie gehen könnten!« – und zog sie mit einem Schwung nach oben, so wie man eine Kaffeemütze von der Kanne entfernt: trotz der Eile vorsichtig, um das Gefäß und den Inhalt nicht zu gefährden.

»Hach! Gott sei Dank!« prustete der keine Bischof und strich sich über den Haarkranz. Sein Gesicht war durch die Anstrengung puterrot angelaufen.

Er setzte sich, holte tief Atem und nahm den Fremden in den Blick.

Vor ihm stand ein – nun, ein Urvieh von Mann, etwas größer als er selbst, auf nicht allzulangen Beinen, und das Knochige seiner Statur wurde zugedeckt von gleichmäßig verteilten Pfunden, die sich besonders im unteren Teil des Gesichtes selbständig machten und keine Rücksicht auf den durchaus der Halsweite entsprechenden Hemdkragen nahmen, denn das Kinn bordete über, mehrfach, was im Augenblick allerdings daher rührte, daß das Gesicht sich in einem breiten Lächeln nach unten verlagerte, wodurch der Unterkiefer auf die weichen Polster eben dieses einmaligen Kinns zu liegen kam. Leider kam dadurch der Knoten der an sich schönen und modischen Krawatte nicht zum Tragen, da er gänzlich verdeckt war. Um so mehr sah man vom unteren Teil des Schlipses, denn er quoll – eine Folge des Reckens – aus der geschlossenen Jacke hervor und lenkte den Blick auf ein leuchtend blauweißes Schottenmuster, das einen herausfordernden Gegensatz zum glänzenden Grün-Beige des Anzuges bildete, der, wenn auch maßgeschneidert, nicht an allen Partien mit den Formen dieses stierhaften Körpers in Einklang zu bringen war, denn jede Bewegung brachte die gute Absicht des Schneiders aus der Fasson.

»Wer sind Sie?« fragte der kleine Bischof. »Wo kommen Sie her? Wieso sind Sie hier im Zimmer?«

»Wenn Sie gestatten: Dr. Falk!« sagte der Fremde, lächelte breit, und das Tripelkinn schwappte wieder über.

»Ach!« sagte der kleine Bischof. »Und wie sind Sie . . .

Ich meine: Waren Sie die ganze Zeit über hier im Zimmer? Eben, als ich mit den Herren . . .?

»Ja«, lachte Falk verschmitzt.

»So!« sagte der Bischof und versuchte sich zu fassen. »Finden Sie nicht, daß das . . . nun, sagen wir, zumindest ungewöhnlich zu nennen wäre?«

»Es ist! Exzellenz! Es ist!« Und er behielt das lautlose Lachen bei, das auf so seltsame Weise entwaffnend war.

»Und ich glaube«, fuhr Falk fort, »daß es Exzellenz noch von großem Nutzen sein wird! Sie gestatten?« Er setzte sich.

»Ja, aber . . . Wie darf ich das verstehen?« fragte der kleine Bischof.

Da wich das Lachen in Falks Gesicht, er sprang auf, nickte – wie um sich selbst zu ermuntern – mit dem Kopf, federte zwei-, dreimal in den Füßen und begann aus dem Stegreif eine gedrängte Analyse der Weltlage.

»Exzellenz! Wenn Sie erlauben, darf ich Sie kurz über die wahre Situation aufklären . . .«

Er begann erregt hin- und herzulaufen. »Die Welt ist seit Anbeginn dualistisch angelegt! Zwei entgegengesetzte Prinzipien halten das Ganze in Spannung! Dieses apriorische Gesetz liegt allem, der beseelten wie der unbeseelten, der geschaffenen wie der schaffenden Natur zugrunde. Es steuert den Gang der Sonnen, Planeten und Monde, die Flugbahn eines Geschosses ebenso wie das vegetative und animalische Leben. Wie sollte es da nicht für den Menschen gelten?«

Er hielt einen Moment inne und lachte den kleinen Bischof an. Dieser sagte:

»Nun wohl, so ist es. Fahren Sie fort, Dr. Falk!«

Falk nahm seinen Wandelgang wieder auf.

»Nun ist das Wesen des Homo sapiens so angelegt, daß sein Verstand ihm einredet, er sei kompetent und fähig, dieses gewaltige kosmische Geschehen zu erkennen – und zu steuern. Das aber ist die Frage!«

Er blieb vor dem Schreibtisch stehen, stützte beide Hände auf, erhob dann die rechte mahnend und fuhr fort unter heftigem, sich selbst und den Zuhörer animierendem Nicken:

»Die derzeitige Weltlage scheint dies zu bestätigen: Zwei Blöcke stehen sich gegenüber, auf den Tod verfeindet. Und jeder der Blöcke ist in sich wiederum gespalten, und so verzweigt es sich nach unten in immer kleinere Dualismen. Das war zwar schon immer so, wie die alten Mythen zeigen und wie es sich in allen Religionen spiegelt. Aber noch nie war es so augenscheinlich wie heute!«

»Ich glaube, Sie haben recht . . . Ja, Sie haben recht«, pflichtete der kleine Bischof bei, der mit zunehmendem Interesse gefolgt war, sich aber fragte, worauf Falk denn hinauswolle.

»Ich will ganz offen reden«, fuhr Falk fort. »In beiden Blöcken gibt es einflußreiche Kräfte, die die Schwächen im eigenen System skrupellos für sich ausnutzen. Ich brauche keine Namen zu nennen, aber Sie haben vor wenigen Minuten selbst gehört, wie gewisse Leute nicht davor zurückschrecken, jahrtausendealte Traditionen, geheiligt durch das Blut von Märtyrern, für ihre Zwecke umzufunktionieren . . .«

»Ja, aber . . .«, versuchte der kleine Bischof.

»Exzellenz! Sie wurden von jedem der Herren gebeten, seiner Partei beizutreten: das sagt alles!«

Falk ging zurück und warf sich auf den Stuhl.

»Exzellenz sollten die Sache zu Ende denken! Man will Exzellenz vor einen fremden Karren spannen, aber selbst die Zügel in der Hand behalten. Man will den Kuchen essen und zugleich behalten . . . Muß ich Exzellenz daran erinnern, daß Sie als letzter Bischof dem Ganzen verantwortlich sind? Auf Exzellenz ruhen nicht nur die Augen aller Katholiken; alle Guten in diesem Land haben das sichere Gefühl, daß nun große Dinge bevorstehen. Dies ist die große Stunde einer wahren Reformatio! Ja, einer Reformatio für die in Wahrheit entscheidenden Dinge: Gottvertrauen! Solidarität! Tradition! Die Welt schaut auf Exzellenz! Wieder einmal, wie nur alle paar Jahrhunderte, bietet die Geschichte uns eine Gelegenheit, den

Saum des Mantels Gottes zu ergreifen! Man muß zupakken, ehe er entschwunden ist!«

Diese weitausgreifenden Gedanken hatten den kleinen Bischof in eine – nun: gehobene Stimmung versetzt; zugleich aber wußte er aus Erfahrung um den Trug solcher Empfindungen, da sie nie mit den kleinen, aber notwendigen Dingen des Alltags in Einklang zu bringen waren.

Er mußte es durchdenken. Er holte die Pfeife hervor und zündete sie umständlich mit mehreren Streichhölzern an. Wie immer verbreiteten sich im näheren Umkreis Krümel und Asche auf Anzug, Schreibtisch und Teppich; gedankenverloren stopfte er mit dem Finger nach, reinigte die mit Ruß bedeckte Fingerspitze am Ärmel, und diese umständliche Prozedur wiederholte sich mehrmals, bis endlich gewaltige Wolken durch den Raum schwebten und sich am Fenster zu einem durchsichtigen Gebirge türmten.

Zwischen zwei Zügen fragte er:

»Was schlagen Sie vor?«

Falk erhob sich wieder, kam zum Schreibtisch, beugte sich weit vor:

»Es gibt nur eins!«

Der kleine Bischof zog, in Erwartung eines interessanten Vorschlags, mehrmals an der Pfeife und nickte ermunternd. Falk wurde sehr ernst.

»Wenn Exzellenz die Dinge zum Positiven beeinflussen wollen, dann müssen Exzellenz . . . eine eigene Partei gründen!«

Der kleine Bischof nahm die Pfeife aus dem Mund, behielt diesen staunend offen, schluckte mehrmals.

»Bei Bott! Das ist denn aber doch . . .!«

»Jawohl! Das ist einmalig! Noch nie dagewesen! Wenn wir von den großartigen Träumen eines Cäsar, Otto III. oder Napoleon absehen.«

»Ja, aber wie . . .?«

»Kein Wie, Wenn und Aber! Große Dinge sind einfach! So einfach, daß niemand darauf kommt! Doch später sagen dann alle: Na klar, warum sind wir nicht darauf gekommen?«

Und nun brach es aus Falk hervor:

»Welch eine Perspektive! Der alte Traum des Abendlandes, seine Sehnsucht nach der Coincidentia oppositorum geht in Erfüllung: Staat und Kirche, Politik und Religion, Schwert und Evangelium, Welt und Gott werden eins! Nie wieder kommt diese Gelegenheit! Ich bitte, nein, ich flehe Exzellenz an, die Chance zu nützen! Gründen Sie eine eigene Partei!«

»Und das Programm? Eine Partei muß doch ein . . . ich habe da keine Erfahrung.«

»Nichts leichter als das!« rief Falk. »Exzellenz haben ein Programm! Die Lehren der Mutter Kirche! Das Vaterunser! Die Zehn Gebote! Die Sakramente, die Dogmen, die Tradition!«

»Ja, aber meinen Sie nicht, daß das . . .«

»Ganz und gar nicht! Zu keiner Zeit war die Sehnsucht der Menschen nach dem . . . nach dem Schönen, Wahren und Guten größer als – heuer!«

»Aber uns fehlt es an Erfahrung in den politischen Dingen.«

»Das sehe ich ein; ja, das sehe ich ein . . . Exzellenz brauchten für den Anfang – immer vorausgesetzt, Exzellenz würden sich positiv entscheiden – einen erfahrenen Mann, der die politische Ochsentour hinter sich hat, der die Tricks und Taktiken des Geschäfts kennt, der Exzellenz beraten könnte als eine Art Generalsekretär.«

»Und an wen denken Sie dabei?«

Lange und tief blickte Falk ihn an; dann, langsam, jedes Wort betonend:

»An mich!«

Die Finger des kleinen Bischofs zitterten, als er sich erneut die Pfeife anzündete.

»Aber haben Sie nicht . . . andere Aufgaben?«

Falk kam um den Tisch herum, ergriff mit beiden Händen jene des Bischofs, so daß der Bischof die Pfeife nur mit Mühe im Mund halten konnte und sprach:

»Exzellenz können auf meine ganze Kraft zählen! Schon lange strebte ich nach einer Aufgabe, die mich ganz ausfüllt. Alles Bisherige war nur Vorübung. Was könnten wir nicht erreichen!«

»Nun, mein lieber Dr. Falk, ich bin in solchen Dingen kein Mann der schnellen Entschlüsse. Ich werde mit mir zu Rate gehen und auch den Herrn um Erleuchtung bitten. Lassen Sie mich jetzt bitte allein. Ich muß nachdenken.«

Der kleine Bischof stand auf und verabschiedete seinen vierten Besucher sehr herzlich:

»Gehen Sie mit Gott!«

Die Verbeugung, die Falk machte, war auffallend tief und von einiger Dauer.

DRITTES KAPITEL

Die Post ist da, und welche Geschenke ins Haus kommen

Der kleine Bischof saß, nachdem Falk gegangen, einige Minuten still in seinem Sessel, blickte in den Park, ohne etwas Bestimmtes wahrzunehmen. Auf solche Weise pflegte er sich gerne zu entspannen, besonders, wenn Entscheidungen von einiger Tragweite getroffen werden mußten. Man hätte es auch Tagträumen nennen können, denn er ließ zu, daß allerlei Bilder auf ihn eindrangen, wie der Zufall seiner Assoziationen es wollte.

Besonders eine tiefastige Rotbuche hatte es ihm angetan, die ihm mit ihrem hängenden Schirm der Äste und Zweige stets als Urbild der schützenden Natur erschien, da ihr dichtes Blätterdach alle Unbilden der Witterung abzuhalten vermochte; der Stamm teilte sich schon in geringer Höhe fächerartig nach allen Seiten, und kein spielender Knabe konnte dem Reiz widerstehen, unter das Blattwerk des Riesen einzutauchen, das an einigen Stellen den Boden berührte, und die in kurzen Abständen aufsteigenden Seitenäste als Stiege zu benutzen.

In Gedanken spielte er es durch, folgte von Ast zu Ast der Höhe, überlegte, wie weit er nach oben gelangen könnte und an welcher Astgabel er seine Baumhütte errichten würde.

Warum nur ließ es der Mensch, sobald er erwachsen geworden, nicht zu, sich gelöst solch zweckfreiem Tun ganz hinzugeben.

Er wurde in seinen beschaulichen Bildern gestört, denn Gerhard betrat den Raum, rückwärts, vollbepackt mit Briefen, Päckchen und Paketen. Er ging bis zur Mitte des Raumes und ließ die Briefe in einen Sessel fallen, stellte die Pakete daneben.

»Die Post ist da!« sagte er überflüssigerweise, hob die Briefe auf, die ihm während des Transports entglitten waren, und legte sie zu den anderen. Es mochten an die 200 sein. Im übrigen war er nicht in bester Laune, da ihn die Fülle der ins Haus stehenden Anfragen, Mitteilungen, Bitten, Wünsche gänzlich überforderten. Die Gelassenheit, die der kleine Bischof im Gesicht trug, tat ein übriges, und er konnte sich nicht enthalten zu sagen:

»Exzellenz! Wenn Sie erlauben: So geht das nicht weiter!«

Erschöpft lehnte er sich gegen den Schrank, ging dann zum Sessel, schob die Briefe zur Seite und setzte sich auf die Lehne. Seine von Natur und asketischem Leben schon scharfen Züge waren noch härter geworden, und die senkrechten Falten rechts und links des Mundes gruben sich eine Spur tiefer ein. Blaß saß er da und hielt die Hände im Schoß.

»Exzellenz werden einsehen, daß wir für diese Dinge« – er wies auf den Haufen Papier – »eine zusätzliche Kraft benötigen. Und nicht nur das! Irgend jemand muß auch das Telefon bedienen, das pausenlos klingelt. Und wer soll all die Briefe beantworten? Dazu kommt, daß ich noch für das leibliche Wohl von Exzellenz zu sorgen habe. Ich kann nicht mehr!«

Er begann am ganzen Leibe zu zittern, zwei große, dicke Tränen rollten über die hageren Wangen.

»Das ist alles so . . . so neu, so verwirrend«, schluchzte er. »Womit haben wir das verdient? Konnte der Herr das Unglück schon nicht verhindern, so hätte er es doch in Raten auf uns zukommen lassen können. Aber doch nicht so, nicht alles auf einmal!«

Er wischte sich die Tränen ab und stierte vor sich auf den Boden. Der kleine Bischof stand auf, ging zu ihm hin und strich ihm väterlich mit seiner großen, fleischigen Hand über den Kopf:

»Aber, aber, mein lieber Gerhard! So kenne ich dich ja gar nicht.«

Er legte ihm begütigend die Hand auf die Schulter:

»Die Wege des Herrn sind uneinsehbar, aber wir müssen uns darein schicken. Große Dinge harren unsrer! Wir müssen uns ihnen stellen.«

Er ging zum Fenster, blickte in den Park.

»Du kannst ganz ohne Sorge sein. Selbstverständlich werden wir nun einige Leute einstellen, die die niederen Arbeiten erledigen. Das Geistige wird dir vorbehalten bleiben. Ich habe da schon einen Plan. Aber zunächst die Post! Komm, hilf mir!«

Er tätschelte Gerhard leicht die Wange. Gerhard wischte sich noch einmal über die Augen – »Ich danke Ihnen, Exzellenz!« –, erhob sich und machte sich an das Sortieren der eingegangenen Sendungen.

»Am besten, wir ordnen zunächst einmal nach der Bedeutung der Absender.«

»Vor Gott sind wir alle gleich!« mahnte der kleine Bischof mit erhobenem Zeigefinger.

»Gewiß«, sagte Gerhard, »aber das Interesse der Kirche erfordert auch ein kluges Abwägen der Gewichte!«

»Wenn du meinst . . . Tja, dann fangen wir mal an!«

Und wie vermutet, fanden sich unter den zahlreichen Glückwunschschreiben solche von höchst offizieller Bedeutung. Fast alle Staatsoberhäupter, Premierminister und Präsidenten des christlichen Abendlandes hatten geschrieben, bis hin nach Nord-, Süd- und Mittelamerika, ja Australien. Aber auch Staatschefs mit christlichen Minderheiten in ihrem Lande gaben ihrer Trauer einerseits über den großen Verlust wie ihrer Freude über die unversehrte Existenz des letzten Bischofs Ausdruck, und all diese Schreiben endeten mit einem herzlichen »Möge Gott der Allmächtige«, »zumal in diesen schweren Zeiten«, »dürfen Sie unserer herzlichsten Anteilnahme sicher sein«, »möge auch hinfort«, »war es doch schon immer unser Bestreben« und so weiter.

Mit kindlicher Freude öffneten der kleine Bischof und

Gerhard die in der Regel versiegelten Briefe, machten sich bisweilen auf eine besonders gute Qualität des handgeschöpften Briefpapiers aufmerksam, betrachteten die herrlichen Wappen jener Schreiben, die von gekrönten oder entthronten Häuptern stammten, und suchten die mit Verve hingeworfenen Unterschriften zu entziffern.

Dann folgten die Briefe namenloser Normalbürger aller Schichten. Und jedes Schreiben war anders, enthielt nicht die tausendfach mißbrauchten Höflichkeitsfloskeln der offiziellen Gratulationen. Die meisten setzten große Hoffnungen auf den letzten Bischof. Ein Mütterchen schrieb, sie wolle Seiner Exzellenz gerne ihr Erspartes zur Verfügung stellen – es waren 173,27 DM –, und besonders diesen Brief lasen beide mit großer Rührung.

Sie würden Tage brauchen, um alles zu lesen, und es würden morgen weitere Sendungen kommen und übermorgen und so weiter. Es war unmöglich, allen zu antworten. So erhielt Gerhard den Auftrag, in den nächsten Tagen und Wochen, soweit es seine Zeit zuließ, jene Briefe auszulesen, in denen Menschen in existenzbedrohter Lage um Hilfe baten. Er solle sie nach Dringlichkeit ordnen und dem Bischof Vortrag halten.

Nun kamen die Päckchen und Pakete an die Reihe, und beiden war wie Weihnachten zumute. Es würde zu weit führen, wollten wir alle Geschenke aufzählen. Besonders freute sich der kleine Bischof über eine kostbare Meerschaumpfeife, die ihm der Fraktionsvorsitzende einer Partei schickte, dazu das Rezept einer hausgemachten Tabakmischung; auch das elfenbeinerne Schachspiel der englischen Königin fand besondere Beachtung. Der Bundeskanzler ließ es vorsichtig bei einer kernigen Analyse der allgemeinen Weltlage bewenden, während der Bundespräsident eine handsignierte Sammlung seiner gedruckten Reden sandte. Frankreich schickte ein Bild des heiligen Ludwig; Spanien ein Porträt des Königs mit besonderem Hinweis auf die lange Tradition der »Katholischen Majestät«; Italien eine Kopie der Capitolinischen Wölfin; die Russen glänzten – »Welch eine Überraschung!« – mit einer in Leder und Goldprägung restaurierten Erstausgabe des »Kapitals«, und aus einem südamerikanischen Staat kam, in gleich edler Aufmachung, eine Erstausgabe von »Mein Kampf«.

»Da fehlt eigentlich nur noch die Bibel!« meinte Gerhard, und tatsächlich! – der Präsident des Weltkirchenrates schickte einen Reprint von Luthers »Biblia, das ist die gantze Heilige Schrifft« mit einem besinnlichen »Möge es nicht mehr lange dauern, daß diese unselige Kluft die Kinder Gottes trennt . . .«

Es folgten noch mehrere kleine und große Päckchen von Privatleuten, sehr ordentlich verpackt, überreichlich geschnürt und verknotet, was ja immer ein Merkmal von besonderer Aufmerksamkeit des Absenders ist; und Gerhard entschloß sich erst nach einer Weile, nachdem es ihm nicht gelungen war, die Verknotungen mit Hilfe von Fingern, Brieföffner und Gabeln zu lösen, die Schnüre brutal mit der Schere zu durchtrennen.

Ach, war das eine Freude! Woran all diese namenlosen Mütterchen, Opas, Angestellten, Arbeitnehmer und sogar Heranwachsende gedacht hatten! Sogar ein kindlicher Brief an das Christkind war darunter:

»Lieber Herr Bischof!
Mir geht es gut. Wie geht es dir? Weil du, lieber Bischof, doch offt mit dem Christkind zu tun hast, da habe ich gedacht, du kannst den Brief direckt bei ihm abgeben. Ich habe nähmlich das Christkind noch nie gesehen. Und meine Eltern gehen auch nicht in die Kirche. Und weil du ja nun der letzte Bischof bist, mein Vater hat das nämlich gesagt, und da meine ich, das du es besonders gut mit dem Christkind kannst. Ich habe auch gespart und habe das Geld den Kindern in der dritten Welt geschickt. Das kannst du ihm sagen. Und da meine ich, das das Christkind mir auch was bringen kann. Der Wunschzettel, den habe ich selbst

geschrieben. Und wenn du mal Zeit hast kannst du mir ja mal schreiben. Deine Monika.«

Der Bischof, gerührt von diesen Zeilen, gab Gerhard mit heiterer Miene Anweisung, die Adresse gesondert zu notieren, denn er werde dem Kind in den nächsten Tagen persönlich antworten.

Nachdem sie so den größten Teil der Briefe und Päckchen geöffnet, entfaltet, gelesen hatten, und vielfältig gemischte Düfte von Lebkuchen, Plätzchen, Schinken, Wurst, Käse, Parfüm, Tabak und Apfelsinen durch den Raum zogen, wollte Gerhard zu einem größeren, säuberlich geschnürten Paket greifen, als er stutzte. Er legte den Kopf schief und lauschte: aus dem Inneren war ein zwar leises, doch deutliches Ticken zu vernehmen. Das Paket war sehr schwer, und er mußte beide Hände benutzen, um es auf den Schreibtisch zu heben.

»Es wird eine Uhr sein«, meinte der kleine Bischof.

Es war bekannt, daß er seit Jahrzehnten alte Uhren sammelte. Doch Gerhard blieb skeptisch.

»Ich weiß nicht, Exzellenz, ich weiß nicht.«

»Was weißt du nicht?«

»Man hört in letzter Zeit so viel von Bomben, die mit der Post verschickt werden.«

»Aber, mein Lieber, wer wird uns denn Bomben ins Haus schicken?«

Der Bischof wollte nach dem Paket greifen, doch Gerhard sprang dazwischen und zog vorsichtig, doch mit Bestimmtheit die Hände des Bischofs zurück.

»Nun mal aber den Teufel nicht an die Wand!« sagte der Bischof, lehnte sich zurück und zündete umständlich seine Pfeife wieder an.

»Ich muß darauf bestehen, daß Exzellenz vorsichtig sind!« sagte Gerhard, und sein Ton war von der Art, daß es keine Gegenrede gab.

»Ich werde das Paket in den Park bringen und die Polizei verständigen.«

»Tu, was du für richtig hältst, aber du hast auch die Folgen zu tragen: Wir werden uns lächerlich machen!«

»Vorbeugen ist besser als Heilen!« rief Gerhard, griff vorsichtig in die Schnüre, hob das schwere Ding vom Tisch und trug es, auf den Zehenspitzen federnd, zur Tür. Als der Bischof sah, daß Gerhard keine Hand frei hatte, sprang er auf und öffnete die Tür zur Terrasse.

»Danke!« stöhnte Gerhard unter der Last und verschwand nach draußen.

Kopfschüttelnd schloß der Bischof die Tür und ging zurück in die Mitte des Raumes. Er blickte zur Standuhr: es war kurz vor zwölf, Zeit für die Mittagsnachrichten. Er ging zur Kommode, schaltete das barocke Radio ein und wartete, bis die Röhren sich erwärmten.

»Tüt . . . tüt . . . tüt . . . tüt . . . tüt-tüt!«

In diesem Augenblick erschütterte eine wahrhaft ohrenbetäubende Explosion das Gebäude! Die Tür zur Terrasse sprang auf! Einige Bilder fielen von den Wänden, der Schrank schwankte, und von der Stuckdecke rieselte Kalk. Doch der Strom war nicht ausgefallen, wie die sachlich unbeteiligte Stimme des Sprechers bewies:

»Beim letzten Ton des Zeitzeichens war es zwölf Uhr. Guten Tag, meine Damen und Herren! Sie hören Nachrichten . . .«

Doch dann verstummte der Apparat, da die alten Röhren doch nicht für solch außergewöhnliche Belastungen geplant waren.

Der kleine Bischof war erst im nachhinein erschrokken. Er ging zum Fenster und blickte in den Park. Was er sah, erschien ihm wie die Szene aus einem Kriegsfilm, zumindest aus einem Agentenfilm.

VIERTES KAPITEL

Der kleine Bischof gewährt Asyl, und welche Folgen das hat

Über dem vorderen Teil des Parks lag eine dunkle Wolke, die, da es windstill war, ganz gemächlich und pilzförmig nach oben stieg.

»Wie schön es aussieht!« dachte der kleine Bischof, und er verfolgte mit Interesse, wie die Wolke an Höhe gewann und gleichzeitig seitwärts auseinanderquoll; doch dann lenkten andere außergewöhnliche Dinge seinen Blick nach unten.

Eine der uralten Platanen lag, mit zerfetztem Stamm und gesplitterten Ästen, quer über dem Rasen; ihre Krone tauchte halb in den mit Sandstein gefaßten mittleren Weiher. Die Szene glich der archaischen Exekution eines Kyklopen. Der fallende Riese hatte eine der pompösen Marmorvasen vom Sockel gerissen. Sie lag zerschmettert am Ufer, halb auf der Marmortreppe.

War das schreckliche Bild trotz allem von seltsam schöner Stille, so entstand nun im Wasser Bewegung. Im Gezweig hoben sich von Nässe triefende Hände, tasteten nach dickeren Ästen, packten zu; ein schwarzer Körper folgte nach, zwängte sich durch das Wirrwarr hoch: schwarz die ganze Gestalt, besudelt vom Schlamm der Tiefe, der in Schlieren herabfloß. Gerhard! Endlich fand er Halt, kletterte und hangelte über dickeres Geäst zum Ufer, prustend, spuckend und hustend, breitete die Arme aus, immer noch fassungslos über das Geschehen, schlug sich dann den gröbsten Schmutz von der Kutte und ging, nein, schritt in seltsam steifer Haltung auf die Terrasse zu, mit weit aufgerissenen Augen, das Gesicht unkenntlich von Schlamm, wie dem Acheron entstiegen.

Nun erst erfaßte der Bischof das Geschehene: Er mußte etwas tun! Er stürzte zur Terrassentür, riß sie auf und trat hinaus, nun ebenfalls die Arme weit ausgebreitet.

Gerhard kam heran, die tapsige Spur eines Nilpferdes nach sich ziehend, trat vor seinen Herrn, rief mit zitternder Stimme:

»Exzellenz! Es war doch keine Uhr!«

Dann nieste er so laut, daß ein altes Mütterchen am Ende des Parks erschrak in Erwartung einer zweiten Detonation.

Der Bischof fuhr zusammen, nickte und sagte mechanisch: »Gesundheit!«, griff nach dem vor Schmutz starrenden Gewand, tastete nach Gerhards Gliedern. Sie schienen unversehrt. Gerhard begann zu zittern.

»Um Himmels willen! Du mußt die Kleider wechseln!«

Der kleine Bischof zog ihn in den Raum.

»Die Zeitung! Die Zeitung!« rief Gerhard und wies zum Korb neben dem Schreibtisch. Schon sammelten sich quallige Klumpen und Rinnsale auf dem Boden. Der Bischof begriff endlich und holte ein Bündel, breitete das Papier in mehreren Schichten auf dem Boden aus und führte Gerhard voller Fürsorge auf die Unterlage.

»Zieh dich aus!«

»Aber Exzellenz!« Gerhards Wangen erröteten unter der Schlammpaste.

»Ach was! Keine falsche Scham! Vor Gott sind wir alle gleich. Du hast mir das Leben gerettet! Also los, zieh das Zeugs aus! Wickle den Vorhang um dich! Ich hole dir neue Sachen.«

Und schon war er aus dem Zimmer. Gerhard, unentschlossen zuerst, blickte sich nach allen Seiten um, riß sich dann, an allen Gliedern bebend vor Kälte, hastig die Kutte vom Leibe. Seine Zähne schlugen aufeinander, aber er wagte nicht, sich der letzten Hülle zu entledigen. Er stand da wie ein Knabe, der auf seine umsorgende Mutter wartet. Er wagte auch nicht, den kostbaren Brokat um sich zu wickeln. Zu groß war trotz seiner weltverachtenden Grundhaltung sein Respekt vor den ästhetischen Werten der Welt.

Da stürmte auch schon der kleine Bischof ins Zimmer, einen Packen von Unterwäsche, Strümpfen und Tüchern auf beiden Händen. Als erstes rieb er dem wie Espenlaub zitternden Sekretär mit mehreren Handtüchern den gröbsten Schmutz von Gesicht, Hals und Händen, legte ihm dann zwei riesige Badetücher um und geleitete Gerhard aus dem Zimmer, über den Flur und zum Bad. Gleich darauf hörte man es drinnen plätschern, während der Bischof zurück ins Arbeitszimmer eilte, die nassen Zeitungen zusammenknüllte und sie in den Papierkorb zwängte.

Da vernahm er draußen, im Park, den schrillen Ton einer Trillerpfeife. Noch die Hand am Papierkorb, hob er den Kopf, lauschte. Wieder ein Pfiff! Laute Rufe, sehr kurz, von militärischer Prägnanz!

Er ging zur Tür, blickte hinaus, über die liegende Platane. Im Hintergrund, dort, wo sich jenseits des zweiten Wasserbeckens die Wege gabelten, huschten mehrere grüne Gestalten von Baum zu Baum, gingen mit länglichen Gegenständen zu Boden, richteten die Werkzeuge – es handelte sich zweifellos um Gewehre – gegen den hinteren Teil des Parks, dorthin, wo die Gewächse in einen idyllisch verwilderten Hain übergingen.

Der Führer der bewaffneten Gruppe gestikulierte wild mit den Händen, schien aber pausenlos seine Absichten zu ändern, denn seine Leute kamen nicht zur Ruhe. Waren sie links des Weges, scheuchte er sie nach rechts. Hockten sie, hieß er sie sich langlegen. Lagen sie, trieb er sie auf wie die Hasen.

Plötzlich peitschten zwei Schüsse! Ein Schrei! Noch ein Schuß! Der Bischof zuckte zusammen. Aus dem Buschwerk stob, quakend und schimpfend, eine zehnköpfige Entenfamilie. Ihr folgte ein altes Mütterchen, und alle zusammen, Vögel wie Frau, waren in Todesangst.

»Feuer einstellen!«

Stille . . . Die Alte humpelte völlig aufgelöst zum Anführer der Rotte, warf sich ihm vor die Füße.

»Gnade! Herr Offizier, Gnade!«

Sie wimmerte vor sich hin, hob beide Hände zum Himmel, schlug sich an die Brust, ließ die Arme auf den Boden fallen. Dies alles mehrmals im Wechsel.

»Gnade! Ich . . . ich . . .« Sie hing mit weit aufgerissenen Augen an seinem Gesicht.

»Schon gut, Mütterchen. Niemand führt etwas im Schilde. So steh sie doch auf!«

Mit Hilfe seiner Leute brachte man die Frau auf die Beine. Der Führer des Unternehmens schien lange auf sie einzureden, legte ihr schließlich traulich und besänftigend die Hand auf die Schulter und führte sie selbst nach links aus dem Gefahrenbereich.

Dies genügte, die Aufmerksamkeit seiner Leute von ihrem eigentlichen Auftrag abzulenken, denn einige zündeten sich hinter vorgehaltener Hand eine Zigarette an und pafften vor sich hin.

Der kleine Bischof kannte die Mentalität der Truppe nur zu gut aus seiner eigenen Rekrutenzeit, und wir könnten hier mit einigen Anekdoten nachweisen, wie er schon damals durch jene einmalige Mischung aus Pfiffigkeit und Güte aus der Masse seiner Kameraden herausragte, werden aber abgelenkt . . .

Eine Gestalt setzte direkt vor der Treppe in geduckter Haltung über den Kiesweg der Terrasse, verbarg sich hinter dem Kübel eines Orangenbaums und beobachtete von dort den Park. Geschickt hatte der junge Mann die Deckung der gestürzten Platane genutzt, um aus dem Gefahrenbereich der Geschosse zu kommen. Er reckte sich hoch, so weit, daß er bis zur Weggabelung im hinteren Teil des Parks blicken konnte. Dort hatte die Such- und Verfolgungsaktion wieder begonnen. Systematisch wurde Busch für Busch in Augenschein genommen. Einem übereifrigen Schützen gelang es endlich, ein Kaninchen zur Strecke zu bringen.

Der junge Mann hinter dem Kübel wurde unruhig. Er konnte sich ausrechnen, daß die Verfolger spätestens in fünf Minuten sein Versteck erreichen würden. Verzweifelt blickte er um sich, wandte sich zum Schloß – und sah den Kopf des kleinen Bischofs hinter der Scheibe der Terrassentür.

Der Bischof, der das Geschehen erstaunt und mit großem Interesse verfolgt hatte, sah die Todesangst im Auge des gehetzten Wildes. Seine Reaktion war spontan: er hob die Rechte ein wenig, winkte mit dem Zeigefinger – nur mit dem Zeigefinger, um sich durch eine auffallendere Bewegung nicht zu verraten.

Der Flüchtige verstand sofort. Er nickte. Wandte sich um zu seinen Verfolgern. Diese waren jedoch noch intensiv mit dem Durchkämmen der Büsche beschäftigt. Dann warf er sich zu Boden, robbte – immer noch im Schatten der liegenden Platane – zur Terrassentreppe, spähte, in Erwartung eines Zeichens zum Sprung, in das Gesicht des Bischofs empor. Und der Bischof – er hatte ja beides im Auge: das Wohl des Unbekannten wie das taktische Vorgehen der Verfolger – der kleine Bischof gab, mit spitzbübischem Lächeln, das Zeichen zum Überqueren der Terrasse. Gleichzeitig öffnete er aus der Deckung des Vorhangs heraus die Tür und riß sie auf. Mit drei gewaltigen Sätzen überquerte der junge Mann die Terrasse, sprang zur Tür und stürzte der Länge nach dem Bischof vor die Füße, da er im Eifer der Aktion die erhöhte Schwelle nicht beachtet hatte.

»Ich war schon immer gegen solche Schwellen«, sagte der Bischof, schloß die Tür und zog die Vorhänge zu.

Im gleichen Augenblick vernahm er schwere Schritte auf der Terrassentreppe. Schon waren sie an der Tür. Es klopfte.

Der junge Mensch, immer noch auf dem Boden und ganz außer Atem von der Anstrengung, wechselte die Farbe.

»Hier spricht die Polizei . . . Exzellenz, öffnen Sie bitte die Tür!«

Doch der Bischof traf keine Anstalten dazu, griff stattdessen nach Gerhards nasser Kutte, die immer noch zerknüllt auf dem Boden lag und befahl leise:

»Aufstehen! Anziehen! Aber schnell!«

Und ehe er sich versah, steckte der Fremde im zerknitterten mönchischen Gewand, während der Bischof drei Schritte zurücktrat und mit Kennermiene den Sitz der Kutte prüfte, zufrieden nickte und meinte:

»Der Bart macht sich sehr gut! Doch! Wirklich!«

Es klopfte abermals.

»So, mein Sohn, nun geh und öffne selbst!«

»Aber . . . um Gottes willen!«

»Nein, nein! Keine Angst! Bisweilen schützt uns das Knechtsgewand besser als jede Uniform. Geh nur hin und öffne!«

Der Fremde trat zum Vorhang, blickte noch einmal zaudernd zurück – der Bischof ermunterte ihn lächelnd –, griff dann tapfer zum Vorhang und zog ihn zur Seite: Angesicht zu Angesicht stand er dem grimmig entschlossenen Blick seines Verfolgers gegenüber; nur das Glas trennte sie.

Augenblicklich veränderten sich die Züge des Beamten. Die Zornesfalte schwand, sein energisch gekniffener Mund ging in ein gewinnendes Lächeln über, und er sagte: »Würden Sie bitte öffnen, Hochwürden! Wir haben nur ein paar Fragen!« Das Lächeln kehrte wieder, nun noch freundlicher.

Der Mönch nickte scheinbar abwesend, bewegte den Griff, öffnete die Tür und trat zur Seite, um die Amtsperson einzulassen.

»Verzeihen Sie die Störung, Ehrwürdiger Vater. Wir haben wirklich nur ein paar Fragen. Darf ich reinkommen?«

»Sie sind ja schon herinnen!« tönte des Bischofs Stimme aus dem Hintergrund.

»Oh! Exzellenz!« Der Beamte wandte sich um, verbeugte sich tief, sehr tief, und der Bischof hoffte, daß er katholisch sei.

»Wie Sie sehen« – der Bischof wies in den Garten und auf die naß-schmutzige Kutte des Mönches – »ist hier heute ein Anschlag verübt worden!«

Betroffen und mitfühlend musterte der Beamte den Vollbärtigen.

»Das tut mir leid! Das tut mir außerordentlich leid! Es trifft immer die Besten! Aber wir sind dem Täter schon auf den Fersen.«

Er trat vor den Mönch.

»Es könnte uns von Nutzen sein, wenn Sie, Ehrwürdiger Vater, uns Einzelheiten über Ihre Beobachtungen mitteilen könnten.«

Er blickte ihn mit gespanntem Interesse an.

Der Vollbart, völlig perplex von der unerwarteten Wendung, setzte zu einem gedehnten »Ja . . . ich . . .« an, als der Bischof sagte:

»Er steht noch immer unter der Wirkung des Schocks. Außerdem muß er sich umziehen.«

»Natürlich! Ich verstehe. Ich will nicht schuld an einer Erkältung des Ehrwürdigen Vaters sein. Wir . . . wir werden noch einmal das Gelände absuchen. Ich darf mir erlauben, in einer Stunde noch einmal vorzusprechen?«

»Aber selbstverständlich!« rief der Bischof.

»Danke. Sie entschuldigen mich dann bis auf weiteres, Exzellenz. Die Pflicht ruft!«

»Ja, ja, die Pflicht. Gehen Sie. Sie haben unsere volle Unterstützung.«

Verbeugung. Kehrtwendung. Der Mönch öffnete die Tür. Erneute Verbeugung, und draußen war er! Stapfte mit festem Schritt in den Park davon.

Der Vollbart schloß die Tür, zog die Vorhänge wieder vor und drehte sich langsam um. Der Bischof hatte in seinem Sessel Platz genommen und betrachtete ihn mit unverhohlener Neugier.

»Warum . . . warum haben Sie das getan?« fragte endlich der Vollbart, und sein Tonfall drückte ehrliches, großes Erstaunen aus.

»Ich glaube, mein Sohn, es ist doch wohl eher an uns,

Fragen zu stellen. Hm . . . Zunächst einmal möchte ich feststellen, daß wir nicht glauben, du seiest in irgendeiner Weise an . . . an diesem sonderbaren Vorfall beteiligt.«

»Bei Gott, ich schwöre!«

Der Vollbart trat vor und hob die Schwurhand.

»Laß Gott einstweilen aus dem Spiel, junger Freund! Das hier ist Menschenwerk. Aber nun sage er uns zunächst einmal, was er denn verbrochen hat, daß er eine ganze Polizeistaffel auf den Fersen hat.«

Der Vollbart ging noch einen Schritt näher, und der kleine Bischof stellte wohlwollend fest, wie gut ihm das mönchische Gewand zu Gesicht stand.

»Das alles ist ein Irrtum, Exzellenz!«

»Inwiefern? Es wurde scharf geschossen!«

»Man hat mich verwechselt. Ich ging im Park spazieren. Ich hatte eine Verabredung.«

»Aha! Mit wem?«

»Mit . . . meiner Freundin.«

»Soso. Mit Seiner Freundin. Wie alt ist Er denn?«

»Zwanzig, Exzellenz.«

»Also volljährig!«

»Gewiß. Ja.«

Der kleine Bischof fand dies alles durchaus sympathisch, denn er sah es gern, wenn junge Liebespaare seinen Park als geheimen Treffpunkt wählten. Hatte er auch selbst aufgrund seines Werdeganges und Amtes wenig Einblick in die komplizierten Beziehungen zwischen den Geschlechtern, so hing er doch einem schönen tradierten Bilde an, das klassische Autoren schon in jungen Jahren in ihm angelegt hatten: Frühe Liebe hatte für ihn stets etwas Reines, ja Heiliges; und waren diese jungen Leute oft auch nicht mehr der praktischen Vernunft im Sinne Kants zugänglich, so sah er darin doch immer das planende Walten der Natur, gönnte den jungen Menschen von Herzen diese kurze Zeit himmlischen Glücks.

»Beruf?«

»Student.«

»Facultas?«

»Drittes Semester Geschichte . . . weil Medizin nicht ging . . . Numerus clausus . . . zur Zeit Semesterferien.«

In diesem Augenblick nieste jemand draußen auf dem Gang. Der Vollbart erschrak, und der Bischof sagte:

»Ich glaube, nun kommt der schwierigste Teil des Manövers.«

Die Tür öffnete sich, und Gerhard betrat den Raum, das Gesicht in Erwartung einer weiteren prickelnden Entladung der Nasenschleimhäute verzückt hochgezogen. Das helle Licht des Raumes wirkte stimulierend, und die Lüfte entwichen in einer voll tönenden Explosion. Der junge Mensch erschrak, während der Bischof sachlich »Gesundheit!« rief.

»Danke!« hauchte Gerhard und wollte zu einem neuen Akt ansetzen, als er, schon mitten in der Vorbereitung dazu, stutzte und innehielt: da stand jemand in seiner eigenen Kutte und starrte ihn an. Langsam, ohne brisante Entladung, entwich die Luft seiner Nase.

»Wer ist das? Das ist doch . . . meine Kutte!«

»Richtig. Und er wird sie wohl noch eine Weile tragen müssen«, versetzte der Bischof.

»Ja, aber warum denn?«

»Die Frage ist berechtigt. Wir wollen es dir erklären.«

Und mit wenigen Worten klärte der Bischof seinen Sekretär über die Umstände auf. Gerhard hörte sich die Geschichte an, dachte eine Weile nach und fand augenblicklich die schwache Stelle:

»Er muß sich umziehen!«

Der Bischof blickte ihn fragend an.

»Wenn er hier offiziell tätig ist, wird er ja nicht den Rest des Tages das verschmutzte . . . das versch . . . sch . . .« – er nieste – »danke! . . . das verschmutzte Kleidungsstück tragen.«

»Das ist wahr! Kümmere du dich bitte darum!«

Der Bischof war erleichtert, daß Gerhard mitspielte und spann schon weitere Pläne: Man würde dringend noch eine Kraft im Hause brauchen. Wenn diese unglückliche Verquickung falscher Vermutungen gelöst sein würde, könnte man die Sache in Ruhe durchdenken und besprechen.

Damit haben wir geklärt, wie es dazu kam, daß das männliche Hauspersonal um eine wichtige Person vermehrt wurde; wenn sie, die Person, in den nächsten Tagen auch nicht so recht im geplanten Sinne zum Einsatz kam. Wir werden sehen ...

Die gleich darauf erfolgende Einvernahme durch den Kommissar ging glatt und ohne Schwierigkeiten über die Bühne, wenngleich sich der logisch kombinierende Kriminalist nicht erklären konnte, daß Pater Martinus – man hatte seinen Namen Martin in angemessener Weise latinisiert – in keiner Weise an den Folgen des unfreiwilligen Bades im eisigen Wasser des Weihers zu leiden hatte, während Pater Gerhard zusehends von sich steigerndem Schnupfen, Niesen und Husten geplagt wurde.

»Naja«, versuchte er beim Gehen einen Scherz: »Der eine hat das Pferd, der andere kann reiten« –, was bei den drei Beteiligten zu der Vermutung führte, der Kommissar könne vielleicht doch mehr wissen, als er zugab; wie es ja stets in Kriminalfilmen die Art cleverer Detektive ist, die Verdächtigten durch zweideutige Anspielungen zu verunsichern, was sie meist kurz vor Verlassen des Raumes taten.

»Das Beste wird wohl sein«, schloß Gerhard, »wenn Martin noch eine Weile seine Rolle weiterspielt, denn ich vermute durchaus, daß man auch fürderhin ein Auge auf ihn und uns haben wird.«

Martin blieb also nichts übrig, als sich in die neue Konstellation zu fügen. Es wird sich noch erweisen, ob und welche Veränderungen dies für ihn, aber auch für den Bischof haben sollte.

FÜNFTES KAPITEL

Der kleine Bischof denkt nach, und aus Rom kommt ein Anruf

Mittlerweile war es später Vormittag geworden. Die Sonne stand im Zenit des Novemberhimmels; ein Hoch hatte die schweren Lüfte des Vortages nach Norden abgedrängt; sauberes Blau rief Erinnerungen an den Frühling wach. Die geborstene Platane zeichnete sich scharf im klaren Mittagslicht ab, und es sah beinahe so aus, als hätte sie schon immer so dagelegen.

Die drei waren damit beschäftigt, Ordnung zu machen; die letzten Reste der Verpackungen, leere Umschläge, zerknülltes Geschenkpapier wurden in Einkaufstüten verstaut.

»Sie sehen, Exzellenz, wie nützlich es war, diese Tüten aufzubewahren«, meinte Gerhard, der sich auch an kleinen Dingen, und seien es leere Plastiktüten, freuen konnte. Martin, froh über die Rettung, half kräftig mit und trug die prall gefüllten Taschen in den Abstellraum neben der Küche.

Währenddessen ging der kleine Bischof mit auf den Rücken gefalteten Händen, völlig in Gedanken verloren, im Zimmer auf und ab. Auf Gerhards Bemerkungen antwortete er abwesend mit »Ja, ja« oder nur mit einem Kopfnicken. Gerhard wußte aus Erfahrung, daß nun große Dinge bevorstanden, und seine gehobene Stimmung schlug sich in einem auffällig oft gebrauchten »durchaus«, »gewiß« oder »zweifellos« nieder, etwa:

»Exzellenz, abgesehen vom traurigen Anlaß dieses Tages und dem verbrecherischen Anschlag bin ich durchaus der Meinung, daß das Interesse gewisser Leute an unserer Sache zweifellos sein Gutes hat . . .« – worauf der Bischof nickte.

Als sie, Gerhard und Martin, von ihrem letzten Gang zum Mülleimer zurückkehrten, schien der Bischof aus seiner In-sich-Gekehrtheit zu erwachen, denn er ging auf beide zu und sagte:

»Bitte, setzt euch!«

Sie gehorchten, zogen Stühle heran und nahmen rechts und links vom Schreibtisch Platz. Der Bischof ließ sich langsam im hochlehnigen Sessel nieder und blickte ernst von einem zum andern.

»Liebe Freunde – ich darf euch doch so nennen –, ich glaube, es ist an der Zeit, in einige Grundsatzüberlegungen einzutreten.«

Gerhard nickte. Martin enthielt sich einer Äußerung, da er meinte, daß ihm dies noch nicht zustehe, fühlte sich aber geehrt, in die Gedanken Seiner Exzellenz einbezogen zu werden.

»Wir müssen klug vorgehen, müssen alles, was es zu tun gilt, gründlich durchdenken und alle Details im Auge haben. Groß ist die Last, die der Herr auf unsere Schultern gelegt hat.«

Er schwieg, und die beiden erschauerten, denn nie gesehene Perspektiven taten sich vor ihnen auf.

»Wir müssen nach einem Plan vorgehen, müssen eine Art Strategie entwickeln, ein Grundsatzprogramm. Zunächst aber muß über Martin Beschluß gefaßt werden!«

»Sie können ganz über mich verfügen, Exzellenz!«

Martin war aufgesprungen und nahm irgendwie Haltung an. Der Bischof gab ihm mit der Hand zu verstehen, doch sitzen zu bleiben.

»Wir waren übereingekommen, daß es bis auf weiteres gut ist, wenn du die Kutte trägst. Das hat aber zur Folge, daß wir hier im Hause einen offiziellen Status für dich finden müssen.«

»Ich war durchaus schon immer der Meinung, daß wir zweifellos zu wenig Personal haben«, bemerkte Gerhard.

»Richtig. Und darum schlage ich vor, daß wir aus Martin einen Martinus, ›Bruder Martinus‹, machen.«

Gerhard öffnete erstaunt den Mund: »Ist das nicht gegen kanonisches Recht? Ich meine ...« »Durchaus nicht«, sagte der Bischof, »er erhält ja nicht die niederen Weihen. Betrachten wir sein Hiersein als eine Art freiwilliges Noviziat. Selbstverständlich wäre er für die Zeit seiner Anwesenheit im Hause zum Zölibat – nun, sagen wir besser: zur Keuschheit – verpflichtet. Keine leichte Sache, gewiß! Wollen wir ihn darum offen fragen, ob er dazu, sozusagen als Mönch auf Zeit, willens ist.«

Gerhard und der Bischof blickten ihn freundlich an. Martin errötete, und das wollte schon etwas heißen: weniger der Anspielung wegen als der Bedeutung, die man ihm beimaß: kam er sich doch nach all den Vorfällen des Tages wie in einem heiligen Zentrum der Welt vor. Zwar sah er in plötzlicher Assoziation das Bild seiner Freundin vor sich, aber er würde es ihr schon irgendwie, vielleicht mit einem Brief, verständlich machen können.

»Früher«, warf Gerhard ein, »früher mußte ein Paar lange Jahre warten, bis es vor den Altar des Herrn treten konnte. Es dürfte sich in diesem Fall durchaus als nützlich erweisen, eine gewisse Zeit der Prüfung einzulegen.«

»Ein guter Gedanke!« schmunzelte der kleine Bischof. »Es steht ihm natürlich jederzeit frei, ins weltliche Leben zurückzukehren.«

Martin schluckte, wollte etwas fragen, doch ihm fiel nichts ein. So sagte er: »Einverstanden!«

»Gut!« sagte der Bischof. »Dann wollen wir uns unverzüglich in medias res begeben und die Hauptpunkte noch vor dem Essen erledigen.«

Er stand auf, nahm seinen Wandelgang wieder auf, sprach leise, und es war, als ob er laut dächte:

»Es wird nötig sein, daß ich in den nächsten Tagen nach Rom zum Heiligen Vater fahre. Er trägt ja nun eine ungeheure Verantwortung und braucht unsere Hilfe.«

Die beiden nickten; wenn auch Martin nicht ganz klar wurde, ob dieses »unser«, das der Bischof so gerne gebrauchte, als Plural majestatis zu deuten war, oder ob es nur eine Gepflogenheit der bischöflichen Art zu reden war. Der Bischof fuhr fort:

»Ich werde die Lage mit dem Heiligen Vater besprechen. Als erstes müssen neue Bischöfe auf die verwaisten Stühle gesetzt werden.«

»Wie werden Exzellenz reisen?«

»Wie? Ach so, daran habe ich noch gar nicht gedacht. Da es schnell gehen muß, wohl am besten mit dem Flugzeug.«

»Und wenn wieder ein Anschlag stattfindet?«

Der Bischof blickte Gerhard ernst an: »Das steht in Gottes Hand!«

In diesem Augenblick läutete das Telefon auf dem Schreibtisch. Der Bischof griff zum Hörer und lauschte. Zu verstehen war nichts. Man sah nur, wie er ganz plötzlich erblaßte und nach seinem Herzen griff, tonlos »Ja«, »Das ist ja furchtbar ...«, »Mein Gott! Mein Gott!« sagte und dann mit schlaffer Hand den Hörer auflegte. Er saß da, unfähig, etwas zu sagen, bleich wie der Stamm der Platane. Seine Hände zitterten.

»Nein! Nein! Nein!« rief er und begann zu schluchzen. Tränen liefen die Wangen herab, und er ließ es geschehen. Dann bedeckte er mit beiden Händen das Gesicht, hielt sie sehr lange so.

Betroffen schauten sich die beiden vor dem Tisch an. So hatte Gerhard seinen Herrn noch nie gesehen. Er war fassungslos, unfähig, ihn zu trösten. Es blieb ihnen nichts anderes übrig, als abzuwarten. Schließlich konnte Gerhard nicht mehr an sich halten. Er fragte besorgt:

»Aber, Exzellenz, was ist denn nur geschehen?«

Der kleine Bischof hob den Kopf, wischte die Tränen weg, legte dann beide Hände flach auf die Tischplatte, und ohne sie anzuschauen sagte er leise:

»Ich habe soeben mit Monsignore Papini, dem Privatsekretär des Heiligen Vaters gesprochen.«

Die beiden horchten auf, hingen an seinem Gesicht.

»Er teilte mir mit, daß ... der Heilige Vater ... durch

den Schock der Ereignisse . . . einen Schlaganfall erlitten hat. Es geht ihm sehr schlecht. Professor Fontana, sein Leibarzt, ist stets bei ihm. Er glaubt, daß der Heilige Vater erst nach vielen Wochen wieder zu Kräften kommt.«

Er schwieg. Betroffen saßen sie da, suchten die Nachricht zu verarbeiten. Und jeder dachte dasselbe: Falls der Papst innerhalb der nächsten Tage sterben würde, wäre der Bischof automatisch sein Nachfolger, es sei denn, der Heilige Vater würde noch vor seinem Ableben einige Priester zu Bischöfen weihen oder verdiente Kirchenmänner in den Kardinalsstand erheben. Doch auch im zweiten Fall, falls der Heilige Vater rekonvaleszieren sollte, würde er mit großer Wahrscheinlichkeit nicht imstande sein, die vakanten Bischofsstühle mit neuen Männern zu besetzen. Das aber bedeutete, daß der kleine Bischof nolens volens in jedem Fall interimistisch die Aufgaben eines Oberhauptes der Kirche wahrzunehmen hätte.

All dies ging den dreien zugleich durch den Sinn, und als sie sich anblickten, wußten sie, daß jeder dasselbe gedacht hatte.

Endlich faßte sich der Bischof:

»Das Beste wird sein, wenn ich sogleich nach Rom aufbreche. Ich muß an Ort und Stelle Einblick in den Stand der Dinge gewinnen. Ich hoffe nur, daß die Welt noch nichts von dieser unglückseligen Entwicklung erfahren hat.«

Aber da irrte er sich; das Telefon läutete. Der Bischof hob ab.

»Ja?«

»Hier spricht Dr. Falk. Exzellenz, ich will mich nicht lange mit Bekundigungen meines Mitgefühls aufhalten. Sie kennen meine Einstellung. Ich spreche in Sachen Heiliger Vater.«

»Ja, aber, woher wissen Sie denn . . .?«

»Es würde zu weit führen, Ihnen das jetzt und hier zu erklären. Außerdem wäre es gefährlich, da dieses Gespräch mit Sicherheit abgehört wird.«

»Was? Ja, um Gottes willen!«

»Exzellenz! Ich halte es in dieser schweren Stunde für meine Pflicht, meine ganze Kraft voll und ganz für die Sache der Kirche einzusetzen! Wundern Sie sich bitte nicht, wenn in Kürze Dinge geschehen, die Sie zunächst verwirren. Ich habe, aus Verantwortung vor der großen Sache, bereits Initiativen ergriffen. Was ich meine, kann ich Ihnen hier nicht erklären. Ich bitte Sie, mich im Laufe des Nachmittags zu empfangen. Wann würde es Ihnen wohl passen?«

»Das kann ich nicht sagen, da ich heute noch nach Rom fliegen werde.«

»Das ist gut. Ja, es ist notwendig. Ich habe bereits daran gedacht. Bitte, buchen Sie noch nicht, ehe ich mit Ihnen gesprochen habe. Ich werde Ihnen alles erklären. Ich bin in einer halben Stunde bei Ihnen!«

Er legte auf. Der kleine Bischof ebenso. Allerdings mit gemischten Gefühlen. Er fühlte sich unsicher. Gewiß, schon die Ereignisse dieses Morgens hatten gewaltsam in den ruhigen Ablauf seiner Tage eingegriffen. War es doch bis gestern noch sein Ziel gewesen, den Rest seines Lebens bescheiden, in kontemplativer Betrachtung, zugleich in Erfüllung der ihm auferlegten priesterlichen und episkopalen Pflichten zu Ende zu bringen. Er hatte immer gewußt, daß ihm etwas Provinziell-Ländliches anhaftete. Sein Aufgabenbereich war regional, doch immer hatte er das beruhigende Gefühl, in persona nicht allein verantwortlich zu sein: ein Größerer hielt die Hand über ihn, eben ein »Vater«!

Mit einemmal wurde ihm aber ebenso klar bewußt, daß all jene, die in global verantwortliche Ämter gewählt worden waren, angesichts der erdrückenden Verantwortung Zaudernde sein mußten, denn in diesem Zeitalter, das man sich angewöhnt hatte »pluralistisch« zu nennen, wurstelten alle unterhalb der Spitze vor sich hin, zwar nach einem Plan, doch eben nur einem regionalen! Sobald sie im übergreifenden Amt saßen, waren sie allein, streifte sie der eisige Atem des Absoluten. Könige hatten es früher leichter. Sie waren Söhne und Väter von Königen, und der Umgang mit dem Absoluten wurde Gewohnheit. Freilich waren letztlich alle daran gescheitert, als die Basis intelligenter wurde.

Der alte Spruch schoß ihm durch den Kopf, daß das Amt den Mann mache. Stimmte es? Die Weisheit des Volkes traf bisweilen den Kern. Er klammerte sich an das Wort, sagte es leise vor sich hin:

»Das Amt macht den Mann.«

»Das ist zweifellos durchaus so.«

Gerhard sagte es, und es war die höchste Potenz seiner Zustimmung. Er hatte die ganze Zeit über besorgt die Veränderung beobachtet, die auf den Zügen seines geliebten Herrn vor sich ging. Zugleich war er, in urplötzlich klarer Schau der rasanten Entwicklung dieses Tages, so betroffen, so angerührt im Innern, daß ihm alles, was er etwa zu sagen gehabt hätte, völlig belanglos erschien vor der Wucht der Ereignisse.

Ganz ähnlich, nur noch gewaltiger, war Bruder Martin angerührt, er, der aus den Träumen seiner Semesterferien mitten ins Auge des Sturms geraten war. Längst hatte er vergessen, daß er von Haus aus Protestant war, und nur jene Verse des alten Kirchenliedes erklangen plötzlich in ihm:

»Laß fahren dahin, sie haben keinen Gewinn!«

Als Knabe hatte er diese Formulierung nie verstanden; nun war es in ihm, ganz im Sinne Heideggers, Jaspers, Sartres, die vom »geworfenem Menschen«, von »Grenzsituation« sprachen. Irgendwie – denn er vermochte es nicht logisch nachzuvollziehen – dämmerte ihm, was andere damit meinten, doch zugleich machte er ihnen den Vorwurf, daß sie das, was sie großartig nachplapperten, nie an der eigenen Seele erfahren hatten.

»Laßt uns beten!« sagte der kleine Bischof, und alle erhoben sich. Der Bischof faltete die Hände, schloß die Augen, und die beiden taten es ihm nach.

» . . . . «

»Amen!« sagte der Bischof, und wir wollen nicht versuchen, seinen geheimsten Gedanken nachzuspüren, wenn wir auch ahnen, was er, sprach-los und in völliger Demut, vor dem Allmächtigen ausbreitete.

Als sie die Augen wieder öffneten, hatte sich die Szenerie draußen im Garten verändert: Etwa zwanzig Männer in schwarzer Uniform mit purpurroten Litzen und Mützen verteilten sich an mehreren Stellen im Park. Sie trugen alle schußbereite Maschinenpistolen. Einige führten Schäferhunde an der Leine und patrouillierten auf den Wegen. Jemand in Zivil, mit hochgeschlagenem Mantelkragen, gab, von Mann zu Mann gehend, Anweisungen, wies auf bestimmte taktische Punkte des Geländes hin und verschwand dann zwischen den Bäumen.

Kurze Zeit später erschien ein weiterer Trupp ähnlich Uniformierter auf einem Lkw und hielt kurz vor der Treppe zur Terrasse. Sie sprangen von der Ladefläche und luden Drahtrollen ab, die sie über den Blumenbeeten auseinanderzerrten.

»Aber, das ist ja Stacheldraht!« rief Gerhard.

»Es sieht ganz so aus«, sagte der kleine Bischof.

»Ich schaue mal vorne nach!« Bruder Martin eilte aus dem Zimmer, über den Gang, ins Schlafzimmer Seiner Exzellenz, zog die Gardine zur Seite: dasselbe Bild! Uniformierte, Stacheldraht, Waffen! Von links dumpfes Dröhnen! Passanten blieben stehen, wandten den Blick in die Richtung: vier Panzerspähwagen näherten sich dem Hauptportal. Zwei schwenkten in die Einfahrt, die beiden andern gingen links und rechts so in Aufstellung, daß ihre automatischen Waffen die gesamte Straße bestreichen konnten. Martin ließ die Gardine fahren, lief zurück zu den andern:

»Das ganze Schloß ist umstellt!«

Sie nickten, bis ihre Aufmerksamkeit von zwei Panzerspähwagen abgelenkt wurde, die in diesem Augenblick an der Weggabelung im Park auftauchten, auf die Terrasse zurollten und, in gleicher Formation wie ihre Pendants, vor dem Haus Aufstellung nahmen. Außerdem

war mittlerweile hinter der gestürzten Platane ein schweres MG in Stellung gegangen. Man sah deutlich den seitlich ausgelegten Gurt, und das Messing der scharfen Patronen glitzerte im Licht.

Die drei Beobachter waren wie gelähmt. Das Geschehen da draußen lief mit einer entwaffnenden Selbstverständlichkeit ab, die keinen Widerspruch zuließ. Der Bischof, Pater Gerhard und Bruder Martin standen nur da, blickten hinaus, verfolgten sprachlos die mit großer Präzision ablaufende Aktion. Und sie vergaßen dabei eine ganze Weile, daß der militärische Aufwand ihnen, dem Gebäude, dem Bischof galt.

In diesem Augenblick wurde über dem hinteren Park eine riesige, brummende Hummel sichtbar, die sich knapp zehn Meter über den Wipfeln mit großer Geschwindigkeit näherte, in einer großen, eleganten Schleife über den Weiher zog und direkt auf dem Vorplatz der Terrasse zur Landung ansetzte. Das Wasser des Weihers kräuselte sich unter dem Luftzug.

Als der Rotor endlich stillstand, öffnete sich die Luke und ein untersetzter Mann im Lodenmantel kletterte heraus.

»Ist das nicht . . .?« stammelte Gerhard. Er war's! Dr. Falk! Mit den schnellen, kleinen Schritten des Übergewichtigen ging er zur Treppe, nahm dann gleich je zwei Stufen auf einmal – man hätte ihm diese Behendigkeit nicht zugetraut – eilte über die Terrasse zur Tür und klopfte.

Aus der zielsicheren Art, sich direkt zum hinteren Eingang zu wenden und Einlaß zu fordern, war zu schließen, daß er bereits davon unterrichtet sein mußte, daß der Bischof sich dort aufhielt. Und dieser Umstand kam ihm sehr gelegen, denn er wollte auf jeden Fall eine ihm überflüssige Publizität vermeiden, was nicht möglich gewesen wäre, wenn er den vorderen Haupteingang hätte benutzen müssen.

Der kleine Bischof erwachte wie aus einem Traum. Er riß die Augen weit auf, schloß und öffnete sie mehrmals hintereinander, als ob dies helfen könnte, klarer zu sehen. Vor ihm, noch hinter dem Glas, im Rahmen der Terrassentür, stand Dr. Falk und lachte breit über das ganze Gesicht.

»Sie müssen öffnen, Exzellenz!« mahnte Gerhard leise.

»Ja, ich glaube auch«, sagte der Bischof, drehte den Messingknopf und ließ Falk eintreten.

SECHSTES KAPITEL

Dr. Falk ergreift Initiativen, und der kleine Bischof fliegt nach Rom

»Exzellenz!« rief Falk, kaum daß er im Raum war, und ging mit ausgebreiteten Armen so forsch auf den Bischof zu, daß Gerhard und Martin schon befürchteten, er werde Seine Exzellenz umarmen oder umrennen; doch im letzten Augenblick ließ er die Arme sinken und reichte artig die Hand, die der Bischof gedankenverloren ergriff.

»Ich glaube, ich bin Ihnen einige Erklärungen schuldig«, sagte Falk.

»Allerdings!« Der Bischof bat ihn, Platz zu nehmen. Gerhard und Martin hielten sich von nun an im Hintergrund des großen Raumes, verfolgten um so neugieriger den folgenden Gedankenaustausch.

»Darf ich fragen, was das da draußen zu bedeuten hat und auf wessen Initiative es geschieht? Waffen! Panzerwagen! Stacheldraht! Sind wir denn im Krieg?« Des Bischofs Ton klang ausgesprochen ungehalten.

»In gewissem Sinne trifft letzteres in der Tat zu. Aber wir kommen darauf noch zurück. Was Sie draußen sehen, Exzellenz, geht allerdings auf meinen Befehl zurück.«

»Befehl? Ich verstehe nicht.«

»Ja, es ist eine längere Geschichte. Ich will versuchen, mich so kurz wie möglich zu halten.«

Es hielt ihn nicht in seinem Sessel, er sprang auf und ging erregt auf dem großen Teppich auf und ab. Plötzlich blieb er stehen.

»Ich versuchte Ihnen bereits heute morgen klarzumachen, Exzellenz, daß die Taktiker jedweder Provenienz aus Wirtschaft, Finanz und Politik versuchen werden, Ihre Person, Ihr geheiligtes Amt für ihre eigenen machtpolitischen Ziele einzusetzen. Ich habe Sie versichert, daß ich auf dem gleichen heiligen Urboden stehe wie Sie: auf der christlichen Tradition zweier Jahrtausende!«

Er wippte voll innerer Erregung auf den Zehenspitzen. Seine Hängebacken nahmen den Rhythmus locker auf. Die ganze massige Gestalt schien zu beben. Er fuhr fort, im Wechsel auf- und abzugehen.

»Was ich Ihnen, Exzellenz, nun eröffnen werde, habe ich noch niemandem in dieser absoluten Offenheit zu unterbreiten gewagt. Doch nun ist die Stunde der Wahrheit gekommen!

Die Ereignisse in Rom, die plötzliche schwere Erkrankung des Heiligen Vaters, gaben den letzten Anstoß. Sie werden sich denken können, daß das, was Sie da draußen sehen, nicht von jetzt auf gleich auf die Beine gestellt werden kann. Dahinter steckt jahrelange Arbeit, Disziplin, Glaube, Planung! Sie wissen, Exzellenz, daß ich nicht zum erstenmal in China war.«

Der Bischof nickte.

»Aber schon bei meinem ersten Besuch, vor fünf Jahren, wurde mir schlagartig klar, was wir hier falsch machen! Die plötzliche Konfrontation mit einer fremden Kultur und Ideologie in einem fernen Lande, weitab der Heimat, vermag einem besser die Augen zu öffnen als jedes politische und historische Studium ganzer Bibliotheken. Mir wurde plötzlich klar, was hier fehlt: Ideale! Ideale, die die Massen in eine bessere Zukunft locken! Mut! Mut, das Notwendige zu sagen und danach zu handeln! Zivilcourage, gegen den immer behäbiger daherkommenden Strom zu schwimmen. Vor allem aber: eine kleine Gruppe zum letzten entschlossener Kämpfer, die aufgrund ihrer größeren intellektuellen Einsicht die Massen leiten können.«

Er blieb vor dem Tisch stehen, hob den Zeigefinger: »Die Geschichte ist die größte Lehrmeisterin der

Menschheit! Und sie lehrt, daß große Epochen immer nur durch den Gestaltungswillen einzelner, die über den Tag hinaus denken, auf ihre Bahn gebracht wurden! Nehmen Sie Rom! Das deutsche Kaiserreich des Mittelalters! Das englische Empire! Napoleon! Bismarck! Lenin! Mao!«

Der Bischof hob die Hand, um den Redefluß zu unterbrechen:

»Gewiß, lieber Doktor, es scheint so zu sein – auf den ersten Blick! Aber vergessen wir nicht, daß siegreiche Systeme nicht immer zum besten des einzelnen Menschen ...«

»Richtig, Exzellenz! Das ist es! Jeder Machtapparat, wenn er in die Jahre kommt, neigt dazu zu verknöchern. Der alte Schwung geht verloren. Auch dies läßt sich an allen eben genannten Beispielen belegen. Es gibt nur eine einzige Struktur, die in der Substanz unbeschadet die Zeiten überdauert hat: die Kirche!«

Wieder hob der Bischof die Hand zu einem Einwand. Aber Falk war nicht mehr zu bremsen.

»Ich weiß ja, was Sie sagen wollen, Exzellenz: Die Kirche hat lange Zeit, über Jahrhunderte hinweg, einen Teil ihrer Ideale verraten, weil sie skrupellosen Machthabern in die Hände arbeitete, weil selbst machtbesessene Egozentriker auf dem Stuhle Petri saßen! Das ist der Punkt, Exzellenz! Damals gab es für viele keinen anderen Weg, nach oben zu kommen, als die Ochsentour über die Ämter der Kirche. Seit aber Kirche und Staat getrennt sind, bietet das kirchliche Amt der heranwachsenden Intelligenz kaum noch Chancen zur Entfaltung.«

Wieder blieb er vor dem Tisch stehen, beugte sich vor, wurde schließlich leiser.

»Wir wollen uns doch zu dieser Stunde nichts vormachen, Exzellenz. All diese braven, aber bornierten Biedermänner, die aus allen möglichen und meist kleinkarierten Gründen den schwarzen Rock anzogen, haben dazu beigetragen, daß aus diesem Kraftwerk, das einmal der Träger der europäischen Kultur war, eine morsche, miese, miefige, bürokratische Ruine geworden ist, an der sich nur noch naive Mütterchen und kunstbeflissene Ästheten, letztere in sophistischen Abhandlungen, erbauen.«

»Diese ›braven und bornierten Biedermänner‹, wie Sie sie nennen, tun ihren stillen Dienst an der Seele des Menschen!«

»Aber, Exzellenz! Das genügt doch nicht! Wenn Sie ganz ehrlich zu sich selbst sind: Haben Sie nicht schon oft bedauert, daß die Kirche wohl die geistigen Voraussetzungen, nicht aber die Mittel hat, die Menschen auf Dauer auf den rechten Weg zu führen?«

»Nun ja . . . Und Sie haben nun also die Lösung gefunden? Mit welchen Methoden?«

Er wies mit der Hand nach draußen. Falk lächelte.

»Sie dürfen sich nicht an Äußerlichkeiten stoßen, Exzellenz. Wir leben in der Welt und nicht auf einem imaginären Stern! Diese Männer leben nach den Maximen der alten Ritterorden! Nur ist das Schwert inzwischen moderneren Geräten gewichen.«

»Sie wollen doch nicht behaupten, daß sie das Keuschheits-, Armuts- und Gehorsamsgelübde abgelegt haben?«

»Genau das haben sie!«

Der Bischof war einen Augenblick sprachlos. Er stand auf, ging zum Fenster.

»Und wie wird das alles finanziert?«

»Zum Teil aus eigenen Mitteln; es sind, wie in alten Zeiten, Söhne aus den besten Häusern darunter! Schauen Sie dort, der Mann am MG! Sein Vater ist leitender Direktor bei der Dresdner Bank! Und jener, rechts hinter der Platane – Sohn eines Intendanten! Und der neben ihm ist Alleinerbe eines Münchner Kaufhauskonzerns. So könnte ich Ihnen über jeden von ihnen . . .«

»Und sie machen das . . . freiwillig?«

»Aber ja! Aber ja! Zu solcher Aufgabe kann man niemanden zwingen!«

Der kleine Bischof war sehr beeindruckt von dem, was

er hörte und sah. Er nahm wieder Platz und forschte in Falks Zügen.

»Aber . . . diese Organisation trägt doch paramilitärischen Charakter! Was sagen die Staatsorgane dazu?«

»Aber ich bitte Sie, Exzellenz! Wie sagte der Herr: ›Seid klug wie die Schlagen!‹ Wir haben uns natürlich im geheimen auf den Tag X vorbereitet. Wir sind nach außen hin ein ordentlich eingetragener Verein zur Pflege des deutsch-ritterlichen Erbes, befreundet mit den Maltesern, mit legalem Anspruch auf Zuschüsse des Staates.«

»Hm!« meinte der Bischof und schwieg, denn er war verwirrt. Falk aber blieb bei der Sache.

»Wir wußten, daß sich irgendwann ein Anlaß bieten würde, unsere Maske abzulegen. Und heute ist dieser Tag gekommen.«

Er breitete beide Arme aus: »Wir stellen uns Ihnen, Exzellenz, voll und ganz zur Verfügung. Wie Sie sehen, haben wir freiwillig Ihren und den Schutz Ihres Hauses übernommen. Und niemand wird die Schwelle überschreiten, wenn Sie es nicht wollen!«

»Danke!« sagte der Bischof. Trotzdem war ihm nicht ganz wohl zumute.

»Sie sprachen heute morgen von Wahlen. Das ist für mich alles sehr verwirrend. Ich muß zunächst einmal nach Rom. Der Heilige Vater . . . Sie wissen ja – aber woher wissen Sie es?«

»Wir haben natürlich an wichtigen Stellen Vertrauensleute sitzen, die still und unauffällig ihren Dienst tun.«

»Aha!« Das Gesicht des Bischofs drückte wieder großes Erstaunen aus.

»Im übrigen darf ich Exzellenz aus Sicherheitsgründen den Vorschlag machen, meine eigene Maschine zu benutzen. Sie steht versteckt auf einem kleinen Flugplatz in der Nähe von München. Bis dahin fliegen Sie natürlich mit meinem Hubschrauber. Wir müssen in diesen Tagen jede unnötige Publizität für unsere Entschlüsse und Handlungen vermeiden. Muß ich daran erinnern, daß gegnerische Kräfte bereits einen ersten Versuch unternommen haben, Exzellenz zu vernichten?!«

Falk forschte im Gesicht des Bischofs, war erleichtert, als dieser seufzte:

»Wenn Sie meinen!«

Falk ging zur Tür, öffnete, rief einen seiner Leute herbei und gab ihm leise Anweisungen. Der Mann nahm Haltung an, sagte »Jawohl!«, grüßte militärisch und verschwand. Falk wandte sich um:

»Da Exzellenz ja noch nicht gegessen haben, erlaube ich mir, Exzellenz auf unsere bescheidene Art zu bewirten.«

Er hatte den Satz noch nicht beendet, als draußen, auf dem Platz vor der Terrasse, eine Gulaschkanone vorfuhr. Ein Pfiff, und die Truppe sprang auf die Beine; alle hatten in Sekundenschnelle Eßgeschirr und Besteck zur Hand. Ein zweiter Pfiff veranlaßte sie, im Laufschritt vor dem Küchenwagen hintereinander anzutreten.

Der Mann mit Falks besonderer Order kam als erster an die Reihe und betrat kurz darauf den Raum mit einer kräftigen Erbsensuppe in der einen, zwei Würstchen in der anderen Kelle, nahm wiederum Haltung an und schrie: »Kadett von Trontheim mit einer Portion Erbsensuppe und zwei Würstchen für Seine Exzellenz wie befohlen zur Stelle!«

»Gut, stellen Sie das auf den Tisch!« sagte Falk.

Der Mann tat wie geheißen, schlug die Hacken zusammen.

»Haben Exzellenz sonst noch Wünsche?«

»Wie? Nein, danke. Das ist alles sehr freundlich.«

»Dann darf ich Exzellenz guten Appetit wünschen!« Hacken zusammen! Der Bischof zuckte erschrocken zusammen. Kehrtwendung. Ohne Tritt Marsch! Nun erst holte er sein eigenes Geschirr und stellte sich zu den übrigen.

»Das war Benno von Trontheim«, erklärte Falk. »Sein Vater beherrscht den norddeutschen Elektrogroßhandel.«

»Soso«, sagte der Bischof, hob erstaunt die Brauen und machte sich dann über die Suppe her, denn er war in der Tat sehr hungrig.

Falk vergaß auch die beiden Kirchenmänner nicht.

»Wenn ich die Ehrwürdigen Väter auch ermuntern darf?« Er rieb sich vergnügt die Hände.

»Die Suppe ist vorzüglich!« lobte der Bischof. »Holt euch nur!«

»Halt!« rief Falk, und alle blickten ihn erstaunt an.

»Ich halte es nicht für gut, wenn die Ehrwürdigen Väter sich anstellen.«

»Warum?« fragte der Bischof.

»Der Geist steht über der Materie! Will sagen: Meine Leute würden es nicht gutheißen, würden sich die Ehrwürdigen Väter anstellen.«

»Aber unser Gelübde umschließt vor allem anderen Demut!« meldete sich nun Gerhard zu Wort.

»Gewiß«, sagte Falk, »das mag stimmen. Aber hier geht es um praktische Fragen der Organisation und Disziplin! Das Amt wird geehrt, nicht die Person! Es hat ja auch nicht jeder zu jeder Zeit Zutritt zum Heiligen Vater. Ich muß also, im Interesse der Sache, darauf bestehen, daß . . .« Er machte ein bedauerndes Gesicht. Sie verstanden. Es nützte kein Widerspruch, wollten sie in den Genuß der Suppe kommen.

So mußte der Essensträger noch zweimal gehen, und wiederum hallte sein »Guten Appetit! Haben Sie sonst noch Wünsche?« durch den Raum, und der kleine Bischof zuckte bei jedem neuen Aneinanderklappen der Hacken zusammen.

Während die drei Kirchenmänner ihre Suppe löffelten, ließ Falk sich in seinen beredten Ausführungen nicht stören, denn vielerlei hatte er auf dem Herzen; und da die drei seine Mitteilungen, wegen der Suppe im Munde, nur mit beifälligem Nicken kommentieren konnten, faßte er diese stummen Bestätigungen als stets neuen Anreiz auf fortzufahren.

»Ist das nicht herrlich« – er sah sie der Reihe nach an –

»wie wir nun endlich die Gelegenheit haben, die Menschen zum Guten zu zwingen?! Wovon große Geister der Vergangenheit nicht zu träumen wagten, das ist uns, durch die unerforschlichen Ratschläge Gottes, aufgegeben. Welche Perspektiven tun sich vor uns auf!«

Er ging bei den folgenden Ausführungen von einem Esser zum andern, beugte sich, um ihr Antlitz besser zu sehen, hinunter, breitete ihnen seine großen Gedanken mit heftig untermalenden Handbewegungen über der Suppe aus und schritt erst zum Nächsten, wenn der Vorherige zum Zeichen des Einverständnisses genickt hatte.

»Welche Perspektiven! Ein Luther würde vor Ehrfurcht, ach was: vor Neid erblassen! Giordano Bruno würde sich im Grabe umdrehen, wenn er noch lebte! Fahren Sie in Ruhe nach Rom, Exzellenz, wir halten hier die Stellung. Da ist allerdings noch ein wichtiger Punkt!« Er ging zum Tisch des Bischofs.

»Jemand muß in Ihrer Abwesenheit die laufenden Geschäfte führen. Es muß ein Mann von großer Erfahrung sein!«

Der Bischof war mit seiner Mahlzeit gerade zu Ende, wischte sich – es ging nun in Ermangelung von Servietten wirklich nicht anders! – mit dem Handrücken über den Mund, lächelte pfiffig und sagte:

»Ganz recht. Und ich kenne niemanden, der geeigneter wäre als ...« Falk hing an seinem Mund: »... als mein treuer Gerhard!«

Falk biß sich auf die Lippen und konnte kaum seine Enttäuschung verbergen, während Gerhard so erregt aufsprang, daß beinahe die Suppe überschwappte.

»Aber Exzellenz!« rief er. »Ich bin dessen nicht würdig!«

»Gerade, weil du das sagst, bist du es«, lächelte der Bischof. »Du hast sämtliche Vollmachten und wirst, wenn es notwendig sein sollte, in meinem Namen siegeln.«

Der kleine Bischof ging zu ihm hin, zog den Siegelring vom Finger und überreichte ihn Gerhard.

»Ich respektiere Ihre Entscheidung, Exzellenz. Ich

darf Sie nun noch bitten, einige Worte an unsere treuen Leute zu richten, ehe wir fliegen.« Die Enttäuschung schwang immer noch in Falks Stimme.

»Ja, gerne«, sagte der Bischof, »wenn Gerhard mir inzwischen das Notwendigste für die Reise einpackt?«

Gerhard verbeugte sich, bat Bruder Martin, ihm dabei zu helfen, und beide verließen den Raum. Falk warf Gerhard einen bösen Blick nach und murmelte lautlos: »Kommt Zeit, kommt Rat!«

Dann nahm er Seine Exzellenz beim Arm und geleitete den Bischof nach draußen.

»Aaach – tung!« hallte es mit ungeheurer Stimme durch den friedlichen Park. Die Leute ließen alles stehen und liegen, standen stramm wie die Ölgötzen, und auf das Kommando »In Linie antreten!« stürmte die Mannschaft, als ob der Teufel hinter ihr her sei, vor die Terrasse und formierte sich innerhalb von zehn Sekunden zu einer Geraden, den Blick grimmig geradeaus gerichtet, in Erwartung des nächsten Kommandos.

»Zur Meldung an den Großen Vorsitzenden . . . die Augen . . . liiiiinks!«

Der Zugführer marschierte auf Falk zu, nahm Haltung an und meldete, daß 35 Mann angetreten seien, fügte »Keine besonderen Vorkommnisse!« hinzu und grüßte.

»Danke!« sagte Falk und bemühte sich um eine irgendwie militärisch aussehende Haltung, was ihm bei den hemmenden Gegebenheiten seiner Natur aber nicht gelang.

Nun war also Falk an der Reihe. Er richtete die Augen geradeaus, dann wieder nach links – »Zur Begrüßung Seiner Exzellenz, unseres standhaften letzten Bischofs!« Dann ging er selbst die paar Schritte hinüber und baute sich vor dem Kirchenfürsten auf:

»Exzellenz! Der Wachzug ist zu Ihrer Begrüßung und zugleich Verabschiedung angetreten. Ansonsten keine besonderen Vorkommnisse!«

Der Bischof stand auf der obersten Stufe der Terrassentreppe und fühlte den Blick von 70 Augen auf sich ruhen. Er sah in die Gesichter: keine Regung verriet ihre Gedanken. Starr blickten sie ihn an. Er ging einen Schritt nach links – sie folgten mit den Augen! Nach rechts: dasselbe! Ihm wurde unbehaglich: Wie konnte er diesen Blick nur wieder loswerden?

Gerhard, der kurz zuvor mit einem Koffer aus dem Hause getreten war, begriff wieder einmal die außerordentliche Situation, in der sich sein Herr befand, als erster. Er näherte sich und flüsterte von der Seite:

»Exzellenz müssen, soviel ich weiß, die Leute *rühren* lassen!«

»Wie macht man das?« fragte der Bischof ebenso leise zurück.

»Ich kenne das aus dem Fernsehen, wenn Staatsoberhäupter die Ehrenkompanie abschreiten: Exzellenz müssen einfach ›Rührt euch!‹ sagen.«

»Und wenn es nicht klappt? Kann ich nicht einfach sagen: ›Schaut bitte wieder geradeaus!‹?«

»Nein, auf gar keinen Fall! Sie müssen ›Rührt euch!‹ sagen! Aber sehr laut!«

»Seltsam«, sagte der Bischof, doch dann rief er zum erstenmal in seinem Leben mit lauter Stimme: »Rührt euch!«

Und erleichtert stellte er fest, wie der Zauber sich löste, Bewegung in die Puppen kam, und wie sie ihre Glieder lockerten.

»Exzellenz sollten den Männern einige kernige Worte sagen.« Diesmal war's Falk, der es dem Bischof zuflüsterte.

Und der kleine Bischof, der wohl ahnte, daß Dr. Falk zu einer längeren Rede ansetzten würde, wenn er selbst schwieg, fand einige warme Worte, die von Herzen kamen und zu Herzen gingen. Er sprach vom Frieden unter den Menschen, von der Achtung des Nächsten; es war ein Abriß der Bergpredigt.

Die Männer lauschten artig und suchten es in ihren Mienen kundzutun. Falk hatte tatsächlich gut vorgearbeitet.

Als dies vorbei war, schickte Falk sie unverzüglich wieder an ihre Plätze. Dann sagte er, nun schon etwas gelöster, zum Bischof:

»Wenn die Männer nicht im Park und vor dem Hause wären, ginge es hier zu wie in einem Affenhaus. Oh, Verzeihung! Aber Sie verstehen, wie ich das meine . . .«

»Ja, das ist durchaus möglich«, sagte der Bischof in Erinnerung an die Besuche des Vormittags, fuhr dann fort:

»Wenn es Ihnen recht ist, können wir jetzt aufbrechen.«

Die Verabschiedung war kurz, weil der Bischof auf ein neuerliches Antreten der Leute verzichtete.

»Ich werde gleich nach meiner Ankunft in Rom anrufen«, sagte er zu Gerhard. Dann umarmte er ihn, und der Pater wischte sich verschämt über die Augen. Bruder Martin hatte sich die ganze Zeit über, um nicht aufzufallen, im Terrassenzimmer aufgehalten.

Falk ließ durchblicken, daß er gegen Abend zurück sein würde, um nach dem Rechten zu sehen.

Lange winkte Gerhard der Maschine nach, bis sie hinter den letzten Wipfeln des Parks verschwunden war. Dann ging er ins Haus.

SIEBENTES KAPITEL

Pater Gerhard und Bruder Martin kommen in Schwierigkeiten

Gerhard war zum erstenmal seit langer Zeit allein, ohne seinen Herrn. Es war ihm mit einemmal so zumute wie damals, als seine Eltern wegen einer dringenden Familienangelegenheit für ein paar Tage verreisten und eine Tante das Haus verwaltete. Hatte er sich bisweilen gewünscht, in eigener Verantwortung schalten und walten zu können, so war das Bedürfnis danach auf der Stelle verflogen, als er nun allein in dem riesigen Haus war, denn aus begreiflichen Gründen zählte er »Bruder Martin« nicht dazu. Doch man mußte sich nun irgendwie in die neue Lage fügen und sich arrangieren.

Gerhard war ehrlich genug, sich einzugestehen, daß ihm die mehr oder weniger aufoktroyierte Schutztruppe rings um das Haus sehr angenehm war, bestand doch so keine Gefahr, durch unvorhergesehene Ereignisse im ruhigen Tagesablauf gestört zu werden. Man war von der Welt abgeschirmt.

Aber da läutete das Telefon. Gerhard eilte hin und hob ab. Eine weibliche Stimme sagte:

»Hier spricht Schwester Inge. Mit wem spreche ich?«

»Pater Gerhard am Apparat, Erzbischöfliches Deka . . .«

»Ja, ja, ich weiß!«

»Wieso? Was wissen Sie?«

»Daß ich mit dem Vorzimmer Seiner Exzellenz verbunden bin!«

»Aha. Seine Exzellenz ist . . .«

»Ja, ich weiß.«

»Bitte? Warum ... Ich meine, wen wünschen Sie denn ...?«

»Sie!«

»Mich?«

»Ich möchte wissen, was Sie heute abend gerne essen möchten.«

»Was? Wer sind Sie denn?«

»Schwester Inge, wie ich schon sagte!«

»Das mag ja sein. Aber was geht es Sie denn an, was ich zu Abend essen möchte?«

»Weil ich ab heute für Ihr und Seiner Exzellenz' Wohl zuständig bin!«

Einen Augenblick verschlug es Gerhard die Sprache:

»Von wo rufen Sie denn an?«

»Von der Pförtnerloge.«

»Von der Pförtner ... Und wer hat Ihnen erlaubt ...«

»Von Erlaubnis kann gar keine Rede sein. Ich habe von höchster Stelle Auftrag!«

»Aha. Und wie heißt die höchste Stelle?«

»Dr. Falk! Ich werde von heute an im Schloß wohnen!«

Gerhard schluckte: »Sie werden von heute ab ...«

»Also, nun sagen Sie, was Sie wünschen, damit ich noch einkaufen gehen kann!«

»Ja, ich weiß nicht. Ich überlasse das Ihnen.«

»Na, meinetwegen. Aber beschweren Sie sich nicht, wenn es Ihnen nicht schmeckt!«

»Oh, ich stelle keine Ansprüche.«

»Das wär' ja auch noch schöner!« Klack! Sie hatte aufgelegt. Zehn Sekunden später läutete der Apparat schon wieder.

»Ja?«

»Ich soll Sie fragen, ob Sie noch irgendwelche Order haben!«

»Nein, wer sind Sie denn?«

»Der Pförtner. Sollten Sie irgendwelche ...«

»Danke, nein.«

Gerhard legte auf. Er dachte nach. Martin, der alles verfolgt hatte, fragte: »Ist was?«

»Was soll sein? Sie haben das Haus nicht nur umstellt, sie sind dabei, sich einzunisten!«

Einer plötzlichen Eingebung folgend ging er zur Tür, öffnete vorsichtig, blickte in den Gang und zog sich schleunigst wieder ins Zimmer zurück.

»Habe ich mir's doch gedacht!«

Martin blickte ihn fragend an.

»Auf dem Gang patroullieren Posten!«

»Nun, Dr. Falk ist sehr besorgt um die Sicherheit des Hauses und seiner Bewohner.«

»Ja, das scheint mir auch so!« sagte Gerhard gedehnt. »Ich befürchte nur, alles wird sich anders entwickeln, als wir es uns jetzt noch vorstellen.«

»Sie halten Falk für einen gefährlichen Mann?«

»Allerdings. Unter dem Deckmantel seines scheinbar so uneigennützig angebotenen ›Schutzes‹ funktioniert er das Palais zu seinem ganz privaten Hauptquartier um. Wir werden nicht beschützt, wir werden beschattet!«

»Das läßt sich leicht feststellen! Ich bin gleich wieder da!«

Martin verließ den Raum. Er ging über den Gang. Der Posten grüßte und ließ ihn unbehelligt passieren. Martin kam zur Treppe, ging hinab. Auf den unteren Gängen wiederum Posten. Sie grüßten, rührten sich aber nicht von der Stelle. So erreichte er, ohne angehalten zu werden, den Haupteingang. Rechts und links schwerbewaffnete Posten. Sie salutierten und ließen ihn passieren. Er trat vor das Tor.

Im gleichen Augenblick blitzte es auf der gegenüberliegenden Straßenseite aus zwanzig Apparaten. Eine Meute von etwa zehn Reportern stürzte herüber, wurde aber von den dort patrouillierenden Schwarzroten am Überschreiten der Grundstücksgrenze gehindert. Alles Palavern mit ihnen nützte nichts.

Martin riß allen Mut zusammen, ging auf die Gruppe zu.

»Na endlich!« rief jemand. »Wir warten hier schon seit sechs Stunden!«

Martin trat zwischen den Posten vor. Sie ließen ihn ungehindert vorbei. Auf dem Bürgersteig war er im Nu von der Meute umringt. Zahlreiche Blitze gingen auf ihn nieder. Und dann drängten sie an ihn heran; von allen Seiten prasselten die Fragen; mehrere Mikrofone reckten sich ihm wie zitternde Schlangenköpfe entgegen.

»Sie sind Pater Gerhard, nicht wahr?«

»Nein, ich bin Martinus.«

»Wer hat diese Polizeiaktion in die Wege geleitet?«

Mit dieser Frage hatte er gerechnet: Würde er Falk desavouieren, dann konnte es für den Bischof und die Sache von nicht wieder gutzumachendem Schaden sein. Er sagte:

»Seine Exzellenz hat die Aktion befürwortet, um gegen alle Eventualitäten gefeit zu sein.«

»Was verstehen Sie unter ›Eventualitäten‹?«

»Ich glaube, das brauche ich Ihnen nach einem gewissen Vorfall des Vormittags nicht zu erklären.« Er lächelte freundlich.

»Was sind das für Leute?«

»Eine private Gruppe, die sich Seiner Exzellenz zur Verfügung gestellt hat.«

Jemand rief: »Das ist Anmaßung polizeilicher Kompetenzen und Brüskierung staatlicher Hoheitsrechte!«

»Nein, in keiner Weise. Wie Sie sehen, befinden sich die Leute auf privatem Grund.«

»Wo ist der Bischof?«

»In Rom.«

»Wann wird er wieder zurück sein?«

»Zu gegebener Zeit.«

(»Den kannst du nicht aus der Reserve locken. Das ist ein alter Hase!« sagte ein Reporter zum Nachbarn, doch Martin hatte es gehört.)

Martin trat einen Schritt zurück, reckte sich und sagte:

»Ich kann Ihnen mitteilen, daß sich hier vor der Rückkehr Seiner Exzellenz nichts Neues konstellieren wird. Alles Weitere bleibt in Ruhe abzuwarten.«

Jemand hatte noch eine Frage:

»Stimmt es, daß heute im Park eine Bombe detonierte?«
»Ja.«
»Hat man die Spur des Täters?«
»Das weiß ich nicht. Da wenden Sie sich besser an die Polizei. Ich danke Ihnen, meine Herren!«

»Diese Jesuiten!« schimpfte einer aus der Meute.
»Franziskaner!« verbesserte ihn ein anderer. »Franziskaner! Man sollte sie nicht unterschätzen!«

Martin wollte sich gerade umwenden und ins Haus treten, als er seinen Namen rufen hörte: »Martin!«

Er erkannte die Stimme augenblicklich: Marianne! Er tat so, als ob er nichts wahrgenommen hätte, drehte sich um und wollte ins Haus treten.

»Martin!« Das war schon näher. Und schließlich:
»Martin! So warte doch!«

Glühende Hitze schoß ihm ins Gesicht: Sie konnte alles verderben. Wahrscheinlich hatte sie stundenlang im Park gewartet, war von den »Maltesern« hinausgedrängt worden und hatte die ganze Zeit über vor dem Schloß gewartet. Blitzschnell arbeitete sein Verstand:

Wenn er sich hier mit ihr in ein Gespräch einlassen würde, erfuhr alle Welt die vertrackte Vorgeschichte. Würde er einfach weitergehen, konnte sie ihm eine Szene machen, und das Ergebnis wäre dasselbe. Er mußte versuchen, sie bis zur Tür zu locken, in größere Entfernung zu den Spürhunden, damit er leise mit ihr sprechen konnte. So machte er noch zwei große Schritte, verhielt dann und blickte sich um.

Mit heftigen Bewegungen der Ellbogen zwängte sie sich resolut durch die Journalisten – einige schossen mit ihren Blitzen Breitseiten ab –, erreichte das offenstehende Tor und wollte hindurch.

»Halt!« Augenblicklich walteten die Posten ihres Amtes und versperrten den Durchgang. Damit hatte Martin nicht gerechnet.

»Martin! Aber Martin, was hat das alles zu bedeuten?«

Martin – er hätte heulen können – spielte den Erstaunten, tat sehr wohlwollend interessiert und ging zurück zum Tor. Laut rief er, daß alle es hörten:

»Es ist meine Schwester!«

Blitz auf Blitz ging daraufhin von allen Seiten auf sie nieder, und ihr Gesicht wurde ganz klein, irrlichterte im brutalen Wechsel von Überhelle und fahlem Novemberlicht. Sie rief:

»Wieso bin ich deine . . .«

»Ich habe deinen Brief bekommen!« fiel er ihr ins Wort.

»Bitte?«

»Es freut mich, daß es Mutter gut geht. Aber ich kann in diesen aufregenden Stunden nicht . . .«

»Aber Martin!«

»Die Pflicht! Liebe Schwester, Pflicht und Güte! Ich werde euch bald schreiben.«

»Ja, sag mal, hast du den Verstand . . .«

»Es gibt Augenblicke, in denen wir nicht unserem Herzen folgen können.« Er blickte sie an, verzweifelt, in der Hoffnung, sie möge ihn verstehen.

»Sogar unseren geheimsten Wünschen dürfen wir keinen Raum geben. Da verlassen Kinder ihre Eltern, Väter die Söhne, der Bruder die Schwester, der Geliebte die schöne Freundin, weil es die Sache erfordert!«

Er sprach voll innerer Bewegung, und manch ein Reporter notierte jedes Wort, während das Tagesschauteam sein Gesicht nahe heranzoomte und die Bäckersfrau von gegenüber, die sich neugierig dazugestellt hatte, angesichts solcher Tragik zu weinen begann.

Marianne, die nun doch spürte, daß hinter dem seltsamen Rollenspiel eine tiefere, ihr noch unbekannte Bedeutung liegen konnte, bezwang ihren Unmut und fiel unversehens in den gleichen Tonfall:

»Wahre Worte, teurer Burder . . . So gehe ich denn hin, und ich werde in Gedanken stets bei Euch sein!«

Da begann die Bäckersfrau laut zu schluchzen, und einige andere Frauen schluchzten mit, weil sie der Bäckersfrau das Recht auf Rührung nicht allein überlassen wollten.

Martin aber hob wie segnend und sie zugleich entlassend die Hand – beinahe hätte er »Ite, missa est!« gesagt –, und Marianne ergriff stumm die Hand, um dann zu gehen. Die Spürhunde öffneten ihr mitleidig eine Gasse. Anschließend eilten alle zu ihren Wagen, um möglichst rasch die Redaktionen zu erreichen, und schon während der Fahrt formulierten sie ihre Glosse, Dokumentation oder den Leitartikel und suchten nach wachrüttelnden Aufmachern. »Wahre Worte, teurer Bruder . . .« schien einigen die angemessene Form, während andere ihr Gedächtnis auf passende Bibelsprüche hin durchsuchten.

Martin trat wieder ins Haus, wurde der Reihe nach von allen Posten freundlich gegrüßt, und er meinte feststellen zu können, daß es eine Spur respektvoller klang als zuvor.

Er ging wieder zum Terrassenzimmer, warf sich in einen der Sessel und starrte in den Park. Dort hatte sich nichts verändert. Ihm war, als wohne er schon seit langem in diesem Haus. Die Möbel und Gegenstände hatten bereits vertraute Züge angenommen.

Da kam Gerhard herein, blieb in der Tür stehen.

»Großartig, lieber Freund! Großartig! Wie Sie das gemacht haben! Ich habe vom Schlafzimmerfenster Seiner Exzellenz aus alles mit angesehen.«

»Tja – man läßt uns anscheinend volle Bewegungsfreiheit, aber herein darf niemand.«

»Nun, das hat ja auch sein Gutes. Man wird Seine Exzellenz demnächst nicht so leicht belästigen können wie heute morgen.«

»Ich sehe das anders: Das ist eine geschickt getarnte Art von Hausarrest! Der Bischof darf sich das auf keinen Fall bieten lassen. Sie haben doch Einfluß auf ihn!«

»Ich? Ach, wie Sie sich das denken . . . Aber ich bin überzeugt, er wird da nicht mitspielen. Kommen Sie, ich zeige Ihnen Ihr Zimmer!«

ACHTES KAPITEL

Der kleine Bischof besucht das Forum Romanum, und wie er in den Vatikan gelangt

Nach einem ruhigen Flug war der kleine Bischof am Nachmittag gegen 15.20 Uhr in Fiumicino gelandet. Nun hatte man aber im Vatikan damit gerechnet, daß er mit einer der goßen Linienmaschinen ankommen würde, und so wartete denn ein achtköpfiges Empfangskommitee, bestehend aus drei Prälaten, einigen Patres, je einem Vertreter der Stadt und der Republik seit Stunden vergebens darauf, ihn aus irgendeiner Boeing 727 oder DC-10 steigen zu sehen. Niemand konnte ahnen, daß der Bischof auf dem abseits gelegenen kleinen Flugplatz für Privatflugzeuge landen würde. Von Nachteil war außerdem, daß niemand den kleinen Bischof persönlich und von Angesicht kannte. Man hatte zwar mit einiger Mühe im Archiv ein älteres Foto Seiner Exzellenz ausfindig gemacht, dieses zeigte jedoch den Bischof in weitaus jüngeren Jahren und noch im vollen Haarschmuck. Auch das Gesicht war damals noch schmaler.

So standen nun die Herren, verteilt an allen Passagen des Empfangsraums und warteten, ein Foto im DIN-A4-Format in der Hand, und manch ein argwöhnender Fluggast hielt sie für Vertreter eines obskuren Detektivunternehmens oder glaubte in der unauffällig auffällig schwarzen Kleidung der Herren Geheimpolizisten zu erkennen. Auch einige Reporter lümmelten herum und wußten vor Langeweile nichts mit sich anzufangen.

Währenddessen hatte der kleine Bischof durch einen

anderen Ausgang längst den Flughafenvorplatz erreicht. Er stellte den Koffer ab und zündete sich zunächst einmal umständlich seine Pfeife an, um in Ruhe alles Weitere zu überdenken. Doch dazu kam er nicht, denn sofort fuhr ein Taxi vor. Der Fahrer, den Statur, Gesicht und Rührigkeit als Sizilianer auswiesen, stieg aus, lud wortlos den Koffer ein, öffnete die Tür und hieß »Monsignore« einsteigen.

Gerade in dem Augenblick, als der Wagen losfuhr, fiel es dem Bischof ein, und es traf ihn wie ein Hammerschlag: Er hatte sein Portemonnaie vergessen! Verzweifelt begann er in der Enge des Wagens in allen Taschen von Mantel und Anzug zu suchen und brachte schließlich 8 Mark und 76 Pfennig zusammen. Der Wagen fuhr währenddessen mit erheblichem Tempo seinem Ziel entgegen; er mußte irgendwas unternehmen!

Er bat den Fahrer zu halten, stieg aus und suchte noch einmal gründlich in allen Taschen nach. Umsonst. Betrübt ging er zum Wagen zurück.

»Haben Sie etwas verloren, Monsignore?« fragte der Fahrer in fließendem Deutsch, und der Bischof nahm wenigstens diesen glücklichen Umstand erleichtert zur Kenntnis:

»Nein, das nicht. Aber ich habe mein Portemonnaie vergessen.«

»Wo? In der Maschine?«

»Nein, in Deutschland.«

»Ach . . .« In diesem Augenblick kam es wie eine Erleuchtung über den Mann. Er sprang aus dem Wagen, starrte seinen Fahrgast an, breitete euphorisch die Arme auseinander:

»Sind Sie nicht. . . ? Ja, Sie sind es!«

»Wer?«

»Sie haben einmal eine Messe für Gastarbeiter gelesen! Und anschließend haben Sie mit uns gesprochen. Sie haben meiner Familie damals eine neue Wohnung besorgt!«

»Ahja, ich entsinne mich.«

»Welch eine Freude, Exzellenz! Welch eine Überraschung, Sie hier zu sehen!«

Der Fahrer umarmte den kleinen Bischof mehrmals:

»Machen Sie sich keine Sorgen! Ich fahre Sie, wohin Sie wollen! Und natürlich umsonst!«

»Das kann ich nicht annehmen.«

»Aber ich bitte Sie!«

Der Bischof hob abwehrend die Hände: »Machen wir es so: Sie leihen mir den Fahrpreis, und ich schicke Ihnen dann das Geld.«

»Aber Exzellenz!«

»Ich bestehe darauf. Daß Sie mich überhaupt mitnehmen, ist schon großartig.«

»Nun, wenn Sie meinen«, sagte der Fahrer traurig. »Ich nehme an, Sie wollen zum Vatikan?«

»Ja.«

Sie stiegen ein und setzten die Fahrt fort. Stolz erzählte der Mann, daß er sich vor vier Wochen selbständig gemacht habe; er wolle ein eigenes großes Taxiunternehmen aufbauen; das hier – er wies auf den alten Fiat – sei erst der Anfang. Marsini, so hieß der Mann, weihte den Bischof dann detailliert in den derzeitigen Stand der Familienverhältnisse ein, wobei die Zeit wie im Fluge verging. Und weil der Bischof höflich, aber auch aus menschlichem Interesse den Ausführungen folgte, stellte er bisweilen Zwischenfragen, was allerdings zur Folge hatte, daß Marsini das Thema mehr und mehr ausweitete, auf seine Heimatstadt Palermo zu sprechen kam und seinen Redeschwall erst unterbrach, als der Wagen zu stottern anfing, sich noch einige fünfzig Meter hinschleppte, zunehmend ruckte und spuckte und schließlich den Geist aufgab.

Sofort setzte hinter ihnen ein aggressives Hupkonzert ein, und Marsini begann auf Italienisch zu fluchen, gestikulierte wild mit den Händen und schlug sich abwechselnd auf Stirn, Schenkel und in die Hand.

Der Bischof meinte mit seinen begrenzten Italienischkenntnissen und unter Zuhilfenahme des Lateins so viel zu verstehen, daß Marsini den Hersteller zum Teufel wünschte, die letzte Inspektion für einen Betrug erklärte und die Fahrer der nachfolgenden Wagen in gewisse Kategorien der Säugetierklasse einordnete.

Sie befanden sich nun schon auf der Via dei Fori Imperiali, im Zentrum der Ewigen Stadt, eingekeilt in den Verkehrsfluß der Rush-hour.

»Es tut mir sehr leid, Exzellenz, aber wir müssen den Wagen an die Seite schieben.«

»Nun denn!« sagte der Bischof und stieg aus. Er ging zum hinteren Ende, legte die Hände an die Kante des Kofferraums und stemmte sich mit ganzer Kraft dagegen, während Marsini von der geöffneten Fahrertür aus kräftig mitschob und gleichzeitig den Wagen steuerte. Hinter ihnen drohten wild gestikulierend Arme und rot angelaufene Köpfe aus den geöffneten Seitenfenstern.

Irgendwie gelang es, das Vehikel an den Straßenrand zu bugsieren. Marsini schaltete die Warnblinkanlage ein und lehnte sich gegen die Tür.

»Madonna! Warum muß das ausgerechnet jetzt passieren! Ich schäme mich, Exzellenz. Welchen Eindruck müssen Sie von diesem Land bekommen!«

Der kleine Bischof holte tief Luft, kam nach vorne und murmelte:

»Sie trifft keine Schuld. Es ist gut, daß der Mensch ab und zu in seine Grenzen gewiesen wird. Machen Sie sich um mich keine Sorgen. Ich werde den Weg schon finden.«

»Aber Exzellenz, das kommt gar nicht in Frage! Sie müssen das nächste Taxi nehmen. Warten Sie!«

Er warf sich in den Wagen, griff nach seiner großen Geldtasche und entnahm ihr ein Bündel Tausendlirascheine: »Bitte, das müssen Sie nehmen, Exzellenz!«

Es wäre unter den gegebenen Umständen beleidigend gewesen, das Geld abzulehnen. Der Bischof zählte die Scheine:

»Nun gut, ich schulde Ihnen 15.000 Lire. Geben Sie mir Ihre Adresse!«

Marsini notierte sie auf einem Zettel und reichte ihn hinüber.

»Ich stehe Ihnen jederzeit zur Verfügung!« rief er. Dann holte er den Koffer, nahm den Bischof am Arm und führte ihn durch den dichten Verkehrsfluß auf die andere Straßenseite.

»Sie gehen am besten zum Forum Romanum, gleich hier drüben, dort finden Sie am ehesten einen Wagen. Ich kann leider nicht mit, weil man sonst kurzerhand meinen Wagen abschleppt. Aber Sie können es nicht verfehlen!«

Er wies mit der Hand nach links; sie befanden sich in unmittelbarer Nähe der Ruinen.

»Vielen Dank, lieber Freund!« sagte der Bischof und reichte Marsini die Hand, die dieser mit beiden ergriff und schüttelte. Und schon war er weg. Es war auch höchste Zeit, denn drüben hatte bereits ein Verkehrspolizist sein Motorrad abgestellt und machte sich an dem Wagen zu schaffen.

Was beide nicht wissen konnten: An höchster Stelle war das Gerücht entstanden, der Bischof sei entführt worden, und so hatte man eine Ringfahndung ausgelöst im Umfang von fünfzig Meilen. Jedes verdächtige Fahrzeug wurde untersucht.

Der kleine Bischof nahm seinen Koffer auf und ging die kurze Strecke bis zum Eingang des Forums. Auf dem Vorplatz standen einige Taxis. Doch nun zögerte er: Zum letztenmal hatte er den antiken Platz in seiner Studienzeit besucht. Das war Jahrzehnte her, und es lockte ihn, die alten Erinnerungen aufzufrischen, zumal er sich in den letzten Jahren eine stattliche Sammlung neuerer archäologischer und kunsthistorischer Literatur über Rom und seine antike Kultur zugelegt hatte. Ja, man kann sagen, daß dies der einzige Bereich in seinem ansonsten so bescheidenen Privatleben war, wo er sich einen gewissen Luxus gönnte: Er sammelte Erstausgaben teurer Prachtbände.

Er wäre durchaus in der Lage gewesen, einem bildungsbeflissenen Fremden als Cicerone die historischen Stätten detailliert zu erklären, hätte auch aus dem Stegreif einen maßstabgerechten Plan des kaiserlichen Roms aufreißen können – darum zögerte er an der Kasse, ob er sich einen neuen Führer kaufen sollte, tat es dann doch, denn seine Sammelleidenschaft auf diesem Gebiet war unersättlich. Sachkundig entschied er sich für eine Neuerscheinung des Artemis-Verlages für 10.000 Lire: »Rom – Die antiken Denkmäler«. Er hatte schon bezahlt, als er überschlug, daß der Rest nach Abzug des Eintrittsgeldes wohl kaum noch für ein Taxi zum Vatikan reichen würde. Doch das war ihm nun völlig gleichgültig. Bis zum Ponte S. Angelo waren es nur zwei Kilometer. Er hatte damals ganz andere Strecken zurückgelegt, wenn er, mit Bergengruens »Römischem Erinnerungsbuch« in der Tasche, die ganze Aurelianische Mauer umrundete.

Außerdem lockte ihn die unverhoffte Freiheit, ja es war ihm wie einem Lausbuben zumute, der dem strengen Regiment seiner Erzieher einen Streich spielte und sich auf verbotenen Wegen herumtrieb.

So füllte er denn zunächst in aller Ruhe seine Pfeife, zündete sie umständlich und mehrmals nachstopfend an und ging, gewaltige Rauchwolken paffend, durch die Sperre; sein Gesicht glich – wie man es bei Pfeifenrauchern bisweilen antrifft – ganz jenem zufrieden in sich gekehrten eines kleinen Jungen, der am Daumen lutscht und die Welt in zufriedener Kontemplation betrachtet.

Er ging links um die Ecke beim Tempel des Antoninus Pius, stieg zur höchsten Stufe des Aufgangs zum Heiligtum, stellte den Koffer ab, setzte sich darauf und lehnte sich gegen eine Säule der Vorhalle, um einen ersten Überblick zu bekommen. Es war alles wie damals, natürlich! Was sollte sich schon in vier Jahrzehnten ändern, wo dieser Ort nach Jahrhunderten rechnete. Wie damals überkam ihn heilige Scheu, wenn er bedachte, welche Größen der Geschichte diesen Boden mit ihren Füßen berührt hatten, darunter vielleicht jene eines Petrus und Paulus, ganz zu schweigen von Cäsar und seinen politi-

ROM

schen Erben. Drüben, keine zwanzig Schritt vor ihm, mündete die Via Sacra zwischen Regia und Vestatempel auf dem freien Platz des Forums. Und wieder ging es ihm auf, wie klein dieser berühmteste Platz der Geschichte gewesen sein mußte, standen doch da, wo heute Reihen von Säulenstümpfen und niedrige Mauerreste den Blick nicht hinderten, einst zweigeschossige Basiliken, und auch das freie Areal dazwischen wurde eingeengt durch Triumphbögen, Siegessäulen, Statuen und Denkmäler.

Rechts der einfache Ziegelbau der Curia, das geschichtsträchtigste Gebäude des Erdballs. In seinen Mauern wurde über die einst bekannte Welt entschieden, und er empfand es immer wieder neu: Ohne die zivilisatorische Klammer dieses Imperiums hätte sich das Christentum nie etablieren können.

In Augenblicken wie diesen war er Welt und Ego sehr nahe: Sein Geschichtswissen begann sich zu rühren. Er wußte sehr viel um die Zusammenhänge des Machtspiels, hatte auch schon sehr früh die historischen Schattenseiten des engen Verhältnisses von Staat und Kirche begriffen. Die gesamte Geschichte floß als gewaltiger Strom an ihm vorbei. Er sah Quell- und Nebenflüsse, und er wußte, daß sie sich einem Ziel näherte, noch nicht erkennbar, aber vorstellbar, in weiten Fernen. Das Bild war von einfacher Schönheit und darum überwältigend.

Schrille Töne rissen ihn aus seinen Betrachtungen, denn im Rücken des Tempels erzwangen sich Polizeifahrzeuge mit Blaulicht und Martinshorn freie Bahn. Er zündete seine Pfeife wieder an, paffte und ließ den Blick über das Areal schweifen. Seltsam, wie die Reste einstiger Größe mehr erregten als die architektonischen Errungenschaften der Gegenwart. Noch seltsamer die Trauer, die sich zwischen diesen Quadern eingenistet hatte. Dabei wurden zu allen Zeiten die gleichen Verbrechen begangen. Er lehnte sich zurück und schloß die Augen. Schritte näherten sich. Er blickte nicht hin, nahm das Bild aber ganz deutlich wahr, erkannte ihn sofort: Cicero!

Er mochte ihn von allen seines Jahrhunderts am meisten, weil er so offen seine Schwächen zeigte.

»Kommst du oft hierher?«

»Bisweilen.«

»Hast du es dir damals schon so vorgestellt?«

»Ja. In meinen letzten Monaten und in der Stunde meines Todes: ich sah die Mauern fallen. Macht, äußere Größe, imperiales Gehabe bedeuteten mir nie sehr viel, wenn ich einmal von meinen privaten Eitelkeiten absehe. Der größte Geist ist ja irgendwo eitel. Aber immer empfand ich mich nur als Glied in einer Kette. Ich habe es einmal sehr treffend so formuliert: ›Wie klein ist doch das Stück, auf das wir angewiesen sind, den meisten Völkern bleiben wir gänzlich unbekannt, und da hoffen wir noch, unser Name fliege in die weitesten Fernen?‹ Es wurde ja auch später oft zitiert. Ich glaube, die größe Beschränktheit des Menschen zeigt sich darin, daß er nicht fähig ist, bei seinen Handlungen Vergangenheit und Zukunft zugleich im Blick zu halten. Aus diesem Dilemma erwachsen ihm dennoch die größten Kräfte: Philosophie, Religion, Kunst – und der Krieg. Da die Folgen seines Handelns sich jedoch gegenseitig aufheben, bleibt es dann immer beim alten. So ist der Mensch das Überflüssigste, das sich nur denken läßt.«

Der kleine Bischof öffnete die Augen: Am Fuße der Treppe stand ein Pensionär mit einem großen Schlüsselbund:

»Es wird Zeit, Monsignore! Wir schließen in fünf Minuten!«

»Wie spät ist es denn?«

»Fünf vor fünf.«

»Früher schlossen Sie um sieben!«

»Ja, im Sommer!«

Der kleine Bischof erhob sich, setzte die Pfeife wieder in Brand, nahm seinen Koffer auf und stieg die Stufen hinunter.

»Soll ich Ihnen ein Taxi rufen?«

»Nein, danke. Ich hab's nicht weit.«

In diesem Augenblick raste auf der Via dei Fori Imperiali eine weitere Polizeikolonne mit Blaulicht und Sirene vorbei.

»Was ist denn passiert?«

Der Alte kam näher, setzte eine wichtige Miene auf:

»Es heißt, die Roten Brigaden haben einen deutschen Bischof entführt. Es soll der letzte, der allerletzte sein!«

»Oh!« sagte der Bischof lächelnd. »Dann gibt es noch zwei!«, ließ den Mann stehen und verließ paffend das Forum Romanum.

NEUNTES KAPITEL

Martin schreibt an einem Tagebuch und bekommt Besuch

Zur gleichen Zeit saßen Gerhard und Martin vor dem Fernsehgerät und folgten den 17-Uhr-Nachrichten: Man sah Carabinieri in der Halle von Fiumicino, wie sie An- und Abreisende peinlich genau überprüften; Polizeisperren an allen Ausfallstraßen rund um Rom; man sah den Ministerpräsidenten, wie er in den Quirinal ging, wie er wieder herauskam und nur den Kopf schüttelte, worauf der Sprecher prompt mitteilte, Italien stehe vor einer neuen Regierungskrise; man sah eine große Menschenansammlung auf dem Petersplatz: ». . . Seit dem frühen Morgen harren sie hier schon aus . . .«; es hieß, daß einige Verdächtige schon festgenommen worden seien, von dem Bischof fehle aber noch immer jede Spur. Man sah Matronen, wie sie sich das Haar rauften, gegen die Brust schlugen und laut die Madonna um Hilfe anflehten. Nur ein kleiner Junge winkte keck in die Kamera.

Im Grunde wußte niemand Genaues. Um so verstiegener waren die Kommentare und Spekulationen der stets informierten Kreise, und der Gipfelpunkt wurde erreicht, als ein römischer Straßenkehrer allen Ernstes behauptete, er habe »den Bischof auf dem Forum Romanum gesehen, wo er sich mit Cicero unterhielt«. Alle Welt lachte über den Mann, und der Sprecher sagte:

»Sie sehen, meine Damen und Herren, selbst jetzt, zu solch ernster Stunde, hat der Römer seinen Witz nicht verloren!« Und die Nation grinste! – Dann folgte ein Schnitt. Die Kamera zeigte Polizisten, die das Forum absuchten – »Wir müssen ganz sichergehen!« –, und als die Kamera zum Ausgang schwenkte, erhaschte sie gerade noch den Rücken eines schwarz gekleideten Herrn, der mit einem Koffer das Gelände verließ. Hinter ihm schloß ein Pensionär ab und sagte ins Mikrofon:

»Einfach lächerlich! Ein Bischof auf dem Forum!? Tsss!«

Man blieb beim Thema, wechselte aber den Ort. Es folgte die Szene mit Martin am Portal des Schlosses und der Zwischenfall mit Marianne. Für den anschließenden Kommentar hatte man einen bekannten älteren Journalisten ausgesucht, der sich schon einen Namen bei der Berichterstattung über das Hinscheiden von Pius XII., Johannes XXIII., Paul VI. und Johannes Paul I. gemacht hatte – sozusagen ein Spezialist in Nekrologen. Er schloß geschickt an die Szene mit Martin an und stellte seine Exegese unter jenes Zitat Martins: »Es gibt Augenblikke, in denen wir nicht unserem Herzen folgen können.«

Seine Ausführungen brachten Beispiele aus der Geschichte der Kirche und gipfelten in Luthers »Hier stehe ich, ich kann nicht anders!«, was, wie er bewies, zwar nachträglich erfunden worden war, darum aber nichts destoweniger den Kern treffe. Es sei die Pflicht eines jeden »noch kirchlich orientierten Menschen, in dieser schweren Stunde zu unserem Bischof zu stehen! Wir haben nur noch diesen einen! Niemand soll ihn uns streitig machen!«

Es folgte noch eine interessante Meldung am Rande: In Avignon war ein Betrüger festgenommen worden, der sich für den letzten Bischof ausgegeben und erhebliche Gelder für »wohltätige Zwecke« eingenommen hatte.

Im übrigen tagte, wie es hieß, das Kabinett seit dem Morgen, habe aber bisher noch keinen Anlaß gesehen, die allgemeine Mobilmachung zu erwägen. Es sei aber ein Krisenstab ins Auge gefaßt. Man streite sich nur noch über dessen Zusammensetzung.

»Was wir wissen wollten, wissen wir«, sagte Gerhard

betrübt und schaltete den Apparat aus. Größte Besorgnis zeichnete sein Gesicht. Er ging zum Schreibtisch, rief den Pförtner an, der ja nun auch die Telefonvermittlung übernommen hatte:

»Ich möchte unverzüglich unterrichtet werden, falls neue Nachrichten aus Rom eintreffen!«

Martin fragte: »Was haben Sie vor, Pater Gerhard?«

»Wenn ich das wüßte. Wir können nichts tun außer warten und beten. Und Sie?«

»Ich muß meine Rolle ja wohl weiter spielen. Besonders nach dem Fernsehinterview.«

»Das war großartig! Ich glaube, ich hätte mich nicht so in der Gewalt gehabt. Schade ...«

Martin sah ihn fragend an: »Was ist schade?«

»Schade, daß Sie das nur als Rolle auffassen. Wir könnten gut miteinander auskommen.«

»Ja, das habe ich auch schon gedacht. Aber ...«

»Ja?«

»Na, Sie wissen doch: Marianne.«

»Wenn man sie auch für die Sache gewinnen könnte ...«

Sie schwiegen, jeder war mit seinen Problemen beschäftigt. Schließlich meinte Martin:

»Wir leben hier wie auf einer Insel, um die der Sturm tobt.«

»Das wird sich ändern, wenn Seine Exzellenz wieder im Hause ist.«

»Sie glauben nicht, daß ihm etwas zugestoßen ist?«

»Nein, ich kenne ihn. Er fällt immer wieder auf die Füße.«

Gerhard stand auf.

»Ich gehe in die Bibliothek, ich muß irgend etwas tun. Und Sie?«

»Ich weiß nicht. Vielleicht beginne ich ein Tagebuch. Die Nachwelt hat ein Recht zu erfahren, was sich in diesen Tagen hier abspielt.«

»Keine schlechte Idee. Sie könnten, wenn das alles abgeschlossen ist, Ihre Dissertation darüber schreiben.«

»Vielleicht. Noch ist alles offen. Ich ... ich bin so verwirrt.«

»Das sind zur Zeit, wie ich glaube, alle. Ich gehe jetzt. Versuchen Sie, hier in Ruhe zu arbeiten. Bald wird uns ja diese schreckliche Köchin schon aufschrecken.«

Gerhard ging. Martin setzte sich an den großen Arbeitstisch, suchte im Schreibfach Papier, nahm einen Stift zur Hand und überlegte, lauschte in sich hinein. Nichts kam. Er könnte wenigstens das Datum schreiben! Ein Tagebuch zu führen war also gar nicht so einfach, wie er es sich bislang vorgestellt hatte! Dabei kannte er jene täglichen Ergüsse bekannter historischer Größen gut, hatte man ihn doch noch unlängst in den Übungen eines Proseminars vorsätzlich damit traktiert!

»Tagebücher sind Geschichtsquellen allerersten Ranges!« – Er hatte es noch im Ohr: »Aber man muß ihnen mit Vorsicht gegenübertreten, denn sie sind ambivalent, da sie die Ereignisse der Epoche immer nur durch die ganz private Brille sehen.«

Ja, ja, er wußte es. Er kannte die absoluten Fehleinschätzungen politischer Entwicklungen von Cicero bis Goebbels. Überhaupt Goebbels! Woher nahm der Mann denn nur die Zeit, sein tägliches Pensum von zehn Seiten durchzuhalten, wo um ihn herum das Abendland in Scherben ging?

Bruder Martin zwang sich, einen Satz zu schreiben: »Ich sitze hier am Schreibtisch des Bischofs und überlege ...«

Ach was! Viel zu umständlich, kleinkariert! Große Geister lieben die Kürze! Er strich durch, begann von neuem:

»Sitze am Schreibtisch des Bischofs. Überlege. Wo soll das noch hinführen?«

Das war gut, kernig, überzeugend. Er erschauerte: Diese Blätter würden einst in den Archiven ruhen, man würde voller Ehrfurcht in den Seminaren von den »Martin-Papieren« raunen:

»Und wissen Sie auch, warum sie ›Martin-Papiere‹

heißen?« Hunderte von Examinanden würden diese Frage zu beantworten haben! Und von ihm, dem interimistischen »Bruder Martin« würde es in erster Linie abhängen, wie die Nachgeborenen diesen und die folgenden Tage im Palais des Bischofs beurteilten! Dissertationen würden geschrieben werden! Ganze Bibliotheken voll! Als alter Mann würde er interviewt werden, es würde ein »Martin-Institut«, eine »Martin-Straße«, die »Martin-Medaille«, den »Martin-Preis für besondere Verdienste um das fruchtbare Miteinander von Kirche und Staat« geben.

Heftige Schläge an der Terrassentür rissen ihn aus seinen Träumen. Er blickte auf, bemerkte erstaunt, daß es draußen schon dunkelte. Wieder klopfte es. Er stand auf, ging zur Tür.

»Oh Gott! Marianne!« stieß er hervor, öffnete und zog sie in den Raum. Sie war von oben bis unten beschmutzt, Erdbrocken klebten an den Füßen, das Gesicht war zerkratzt.

»Wie bist du denn überhaupt in den Park gekommen?«

»Über die Mauer! Bin dann in die Dornen gefallen!«

Sie standen sich gegenüber, eine seltsame Beklemmung war zwischen ihnen. Endlich sagte sie:

»Willst du mir nicht erklären, was das alles zu bedeuten hat? Und warum läufst du in diesem Kostüm herum?«

»Ich . . . ich . . . du mußt mir glauben, daß ich es nicht freiwillig und zum Spaß treibe. Die Umstände zwingen mich dazu!«

Und dann erzählte er ihr die Vorgeschichte dieses Tages bis hin zu dem ungewollten Interview und den verrückten Folgerungen, die die Medien schon daraus gezogen hatten. Und sie:

»Du erwartest also von mir, daß ich deine liebe, verständnisvolle Schwester mime! Ach, wie rührend!«

»Marianne, versteh doch!«

». . . daß meine Eltern gegen unser Verhältnis sind, darüber kann ich mich hinwegsetzen! Aber daß du nun den Bruder Martinus machst!«

»Ich kann doch nicht anders! Ich stehe im Verdacht, die Bombe gelegt zu haben!«

»Na und? Die Wahrheit wird schon herauskommen!«

»Du weißt scheinbar nicht, welche Folgen das hat: Verdächtigungen, Verhöre, Geheimdienst, schwarze Liste! Etwas bleibt immer hängen! Und ich will in den Staatsdienst!«

Sie sah ihn lange an.

»Und ich glaube, daß dir diese Rolle Spaß macht! Wir wollten diese Woche mit meiner Examensarbeit beginnen . . .«

Er ging auf sie zu, umarmte und küßte sie, doch sie blieb kalt wie Marmor.

»Hm! Hm!« tönte da eine Stimme in der Tür. »Das ist das erste Mal, daß ich einen Franziskaner im Arbeitszimmer Seiner Exzellenz ein Mädchen küssen sehe. Solches wird ansonsten wohl nur in Quellen aus dem 15. Jahrhundert berichtet! Ich glaube, wir sollten uns doch an unsere Abmachung halten, *Bruder* Martin!«

»Oh, Verzeihung, Pater, natürlich! Es war nur eine Erinnerung an bessere Tage.«

»Mag sein. Aber nun müssen wir überlegen, wie wir die Dame wieder aus dem Hause bekommen. Die Schwester rumort schon in der Küche.«

Gerhards Natur erlaubte ihm nicht, vor Fremden gleich seine Gefühle zu zeigen, doch glaubte Martin aus seinen Worten ehrliche Anteilnahme herauszuhören. Zugleich wurde ihm bewußt, welche Komplikationen sich aus einer Entdeckung von Mariannens Anwesenheit ergeben konnten. Sie selbst meinte zwar:

»Ich ziehe mich auf dem gleichen Weg zurück.«

»Auf gar keinen Fall!« rief Martin. »Du kannst von Glück sagen, daß man dich nicht entdeckt hat!«

»Hm!« Gerhard dachte nach: »Es gibt nur eine Möglichkeit!«

Die beiden schauten ihn an.

»Sie muß das Haus ganz offen verlassen.«

»Und die Wachen? Man wird sie für eine Spionin,

zumindest für eine vorwitzige Journalistin halten und festsetzen.«

»Keineswegs, denn sie wird eine Kutte anziehen!«

Die beiden schauten sich sprachlos an. Marianne sagte:

»Warum nicht? Was du kannst, kann ich schon längst.«

Martin blieb skeptisch:

»Und wenn man sie dennoch anhält?«

»Nun, sie . . . das heißt ›er‹ war seit dem Morgen schon im Haus. Aus- und eingehende Franziskaner sind hier nichts Ungewöhnliches.«

Die beiden waren einverstanden. Gerhard ging das Kleidungsstück holen.

»Auf diese Weise könnte ich ebenso leicht wieder ins Haus gelangen . . .«

»Ich weiß nicht. Es wäre besser, wenn du es nicht versuchtest.«

»Ich bin dir also im Wege?!«

»Fang nicht schon wieder damit an! Wir dürfen die Sache nicht gefährden.«

»Sache! Sache! Mich interessiert diese ›Sache‹ nicht!«

Da kam Gerhard zurück. Zusammen mit Martin gelang es, Marianne die Kutte anzulegen. Gerhard strahlte:

»Ganz nach den Maximen des Johannes Kassian: ›So soll das Kleid des Mönches sein: es soll den Körper nur bedecken, beschämende Nacktheit verhindern und grimmige Kälte abhalten; die Keime der Eitelkeit und Überheblichkeit soll es nicht nähren‹!« Zum erstenmal seit langem lächelte er.

Da sie die Haare sehr kurz trug, würde jeder Nichteingeweihte sie für einen jungen, sehr schönen Ordensmann halten, besonders, da sie von knabenhaft graziler Gestalt war und es keiner besondern Mühe bedurfte, die Merkmale ihrer Weiblichkeit zu verbergen.

Sie schickten sich gerade an, Bruder »Marianus« zum Ausgang zu begleiten, als es an der Tür klopfte. Gerhard wurde blaß. Aber ob sie wollten oder nicht, sie mußten ein freundliches »Herein!« hören lassen.

ZEHNTES KAPITEL

Wie der kleine Bischof in den Vatikan gelangt und welche Schwierigkeiten es dabei zu überwinden gilt

Etwa um die gleiche Zeit hatte der kleine Bischof den Ponte S. Angelo erreicht. Er hätte den Weg zwar abkürzen können, wenn er weiter dem Corso in Richtung Ponte Vittorio Emanuelo gefolgt wäre, doch er mochte nicht auf die herrliche Frontalansicht der Engelsburg verzichten, war außerdem überzeugt, daß ihm Bewegung gut tue.

Gewiß, der Koffer wurde immer schwerer, und er mußte in immer kürzeren Abständen eine Pause einlegen. Auch schwitzte er, trotz der Kühle. Niemand nahm von ihm Notiz; gehörte es doch zum alltäglichen Bild der Ewigen Stadt, daß schwarzgekleidete ältere Herren ihren geistlichen Geschäften nachgingen. So, wie man ihn nicht beachtete, nahm auch er das hektische Treiben um ihn herum nicht zur Kenntnis – hektisch! ja, denn alle paar Minuten rasten Polizeifahrzeuge vorbei und zwangen den zivilen Verkehr rigoros zur Seite.

»Die spinnen doch!« hörte er öfter im Vorbeigehen entrüstete Römer sagen. »Und was kommt dabei heraus? – Nichts!«

Auch die Brücken wurden scharf bewacht, doch ließen ihn die Posten ungehindert passieren. Einer grüßte sogar freundlich.

Dieses Treiben nahm zu, als er sich von der Piazza Pia nach Osten wandte und die Via delle Conciliazione erreichte. Zu seiner Studentenzeit war man noch damit beschäftigt, das dortige Elendsviertel abzureißen.

Es dämmerte, und Michelangelos Kuppel leuchtete im höheren Licht der sinkenden Sonne. Der kleine Bischof war fasziniert, wäre wohl auch gerne eine Weile am Ort geblieben, doch er spürte, wie die Pflicht unnachgiebig wieder Besitz von ihm ergriff. Zugleich wußte er, daß er noch sehr lange von diesen freien Stunden zehren würde. So nahm er denn seinen Koffer auf, seufzte und ging langsam in Richtung Petersplatz, ließ sich ganz allmählich von Berninis Kolonnaden in die Zange nehmen.

Der Platz selbst war erstaunlich leer. Er hatte erwartet, daß eine unübersehbare Menschenmenge das Areal besetzt hielt. Doch nur vorne, vor den Portalen Sankt Peters und unter den Kolonnaden hielten einige Unentwegte aus – einige? Es waren mehrere hundert, doch sie verloren sich in der Weite der riesigen Anlage. Erst als er näher trat, bemerkte er, daß die Front der Kirche durch martialische Barrieren abgeschirmt war. Dahinter patroullierten zahlreiche, schwer bewaffnete Posten.

Als er sich umwandte und die Reihe der Heiligen auf dem Dach der Kolonnaden entlangblickte, glaubte er auch dort die Mündungen von Gewehren und MGs zu erkennen.

Er blickte nach vorn, bemerkte, wie hin und wieder jemand die Kirche verließ oder betrat, zumeist Priester. Mehrere Hubschrauber zogen über die Kuppel nach Norden.

Als er noch näher auf die Gruppe der Gläubigen zuging, hörte er, wie sie beteten, sah, wie sie voll Inbrunst die Lippen bewegten und das Kreuzzeichen machten.

Diese fromme, ganz in sich gekehrte Haltung der Menschen stand in auffälligem Gegensatz zum militärischen Gehabe jenseits der Absperrung.

Er mischte sich mitten unter die Menschen und zwängte sich, Entschuldigungen nach rechts und links murmelnd, nach vorn, was gar nicht so einfach war, da sich der Koffer bei jedem Schritt zwischen den Beinen der Beter verhedderte, und nur sein kirchliches Kleid bewahrte ihn davor, derb zurechtgewiesen zu werden.

Schließlich – die Leute standen bei den Schranken immer enger zusammen – stemmte er den Koffer mit einem Schwung nach oben, setzte ihn auf die linke Schulter und erreichte die Barriere.

Dieses allen so sichtbare Vorwärtsstreben war natürlich den Posten drüben nicht verborgen geblieben, und sie beobachteten, zunächst noch lächelnd ob der umständlichen Prozedur, dann mit wachem, ja mißtrauischem Interesse, wie da vor ihren Augen ein schwarzer Koffer unter erheblicher Anstrengung in die Nähe der Portale befördert wurde.

Ein Offizier gab einem Posten Anweisung, sich um den Mann zu kümmern, sprach dann in sein längliches Funkgerät, was zur Folge hatte, daß einige der Scharfschützen auf dem Dach der Kolonnaden den auffälligen schwarzen Mann ins Visier nahmen.

»Seien Sie vorsichtig!« sagte der Offizier sehr ernst zu dem Soldaten. »Heute ist alles möglich! Die schwarze Kleidung wäre unter den gegebenen Umständen die einfachste und beste Tarnung!«

Der Mann klemmte seine MP schußbereit unter den Arm, näherte sich, während zwei andere ihm links und rechts Feuerschutz gaben, vorsichtig dem Mann mit dem Koffer.

»Stellen Sie den Koffer vorsichtig hin!«

Der kleine Bischof gehorchte gerne, sagte: »Ich hätte doch besser ein Taxi nehmen sollen . . .«

»Das ist einer von den ganz Gerissenen!« rief der Offizier, und der MP-Mann bellte:

»Nehmen Sie die Hände hoch!«

»Ja, aber warum denn?«

»Sie sollen die Hände hoch nehmen! Wird's bald?!«

Er lud durch. Der Bischof, sonst nicht sehr bewandert in militärischen Dingen, kannte dieses unverwechselbare Geräusch, dieses kurze, harte »Klack!« sehr gut aus der Zeit, als er an verschiedenen Plätzen Europas zwischen

1939 und 1945 todwunden Soldaten in ihren letzten Minuten beigestanden hatte; er gehorchte beinahe automatisch und hob – während lange verschüttete Bilder an seinem inneren Auge vorbeizogen – die Hände, soweit ihm das bei seiner Statur und dem hindernden Mantel möglich war.

Der Offizier trat näher heran, die Beter verstummten, wichen ängstlich einige Schritte zurück: »Er kam mir gleich verdächtig vor! Was will er hier mit dem Koffer!«

»Durchsuchen!« befahl der Offizier und nickte einen Gefreiten herbei. Der klopfte den Bischof flink von oben bis unten ab, kramte dann in den Taschen von Mantel und Anzug und brachte außer dem »Artemis-Cicerone«, einem Stadtplan, einem Brevier, Pfeife, Tabak, Feuerzeug, Kugelschreiber nichts von Bedeutung zu Tage. Der Mann wandte sich um:

»Er hat keine Papiere bei sich!«

»Aha!«

Dieser Ausruf des Offiziers ließ alle Umstehenden aufhorchen, und sie näherten sich wieder Zentimeter für Zentimeter, um sich nichts entgehen zu lassen.

»Wer sind Sie?« fuhr der Offizier fort.

»Ich bin . . . der letzte Bischof . . .«

»Ach! Wie schön, wie schön! Und ich bin der Kaiser von China!«

Der Offizier trat ganz nahe heran.

»Wenn Sie nicht reden wollen, werden wir Sie zum Reden bringen!« Und er wollte schon Befehl geben, den Bischof abzuführen, als dieser verzweifelt rief:

»Aber so warten Sie doch! Ich kann das alles erklären!«

Er ließ die Hände sinken, doch eine unmißverständliche Geste des MP-Mannes veranlaßte ihn, sie wieder hoch zu nehmen.

»Das ist eine Verwechslung! Es gibt einen Zeugen!«

»Wahrscheinlich des Teufels Großmutter!«

Erst jetzt begriff der Bischof den Ernst der Lage.

»Aber so hören Sie doch! Der Mann ist Taxifahrer! Er

nahm mich mit bis zur Via dei Fori Imperiali! Ich kenne ihn persönlich, er heißt Marsini! Das können Sie nachprüfen!«

Der Offizier horchte bei diesem Namen auf.

»Marsini . . . Marsini? Dieser Mann wurde vor einer halben Stunde festgenommen. Tolle Zeugen haben Sie da!«

»Verzeihung, warum wurde er festgenommen?«

»Wegen Entführung des letzten Bischofs! Der Mann steckt also mit Ihnen unter einer Decke! Abführen!«

In diesem Augenblick gab der Koffer ein seltsames Geräusch von sich; es glich jenem von Spielautos mit mechanischem Antrieb, wenn man sie bei voll aufgezogenem Uhrwerk vom Boden aufnimmt, so daß die Feder sich in wenigen Sekunden entspannen kann. Außerdem war nun auch ein deutliches Ticken zu vernehmen. Der Bischof wurde blaß. Er schrie so laut, daß es von Berninis Säulen widerhallte:

»Mein Gott! Eine Bombe! Laufen Sie weg! Schnell!«

Und er schob die Leute zurück:

»Lauft! Lauft! Es geht um euer Leben!«

Irgend etwas in seiner Stimme schien sie zu überzeugen: So rief ein Mann in höchster Todesnot! Sie liefen um ihr Leben! Auch die Soldaten wichen instinktiv zurück, wandten sich dann um und folgten den übrigen. Die ersten hatten die Halle schon erreicht.

»Hinlegen!« brüllte jemand. »Hinlegen!«

Und alle lagen sie flach auf dem Boden, hielten die Hände vor's Gesicht, in Erwartung der Detonation. Sie lagen mit verhaltenem Atem. Es war mucksmäuschenstill!

Und in diese Stille rasselte ein Wecker: zuerst langsam, dann akzelerierend, in immer kürzeren Abständen, bis er in jenes Dauerrasseln überging, das den faulsten Schläfer aus dem Bett geholt hätte. Der ganze Platz war erfüllt von diesem schrillen Ton – und es rasselte lange, ging dann in jenes langsamere, erleichternde Tuckern über, das man gemeinhin nur selten zu hören bekommt, weil der Besitzer des Werkes es schon längst mit einem unwirschen Schlag auf das kleine Knöpfchen abrupt stoppt.

Stille . . . Atemlose Stille! Einige, die noch in der Nähe des Koffers lagen, wagten den Kopf zentimeterweise zu heben, blickten hinüber: Der Koffer lag geöffnet auf dem Boden. Bei der Hals über Kopf einsetzenden Flucht hatte ihn jemand versehentlich umgestoßen, was zur Folge hatte, daß die Schlösser aufsprangen, der Deckel sich hob und der Inhalt, den Gesetzen der Mechanik gehorchend, sich in lockerer Weise um das Behältnis herum verstreut hatte. Infolge seiner runden Form war es dem Wecker gelungen, sich rollend am weitesten zu entfernen, und nun lag er mit dem Gesicht nach unten auf dem Boden, tickte unschuldig vor sich hin und tat so, als ob nichts geschehen sei.

In diesem Augenblick lachte jemand. Es kam vom Dach der Kolonnade. Es war zunächst ein kurzes, durch Pausen unterbrochenes »Ha! Ha!«, das sich dann, ähnlich dem akzelerierenden Rasseln des Weckers, zu einem gleichmäßig anschwellenden homerischen Crescendo steigerte. Der Mann, der da lachte, konnte kein Ende finden. Es wirkte ungeheuer ansteckend, und nach kurzer Zeit prustete die ganze martialische Gesellschaft da oben zwischen den Heiligen, schlug sich auf die Schenkel und gegenseitig auf die Schultern. Das ganze Rund des Platzes hallte davon wider, griff schließlich auf die frommen Beter unten über, und in hysterischen Zuckungen krümmten sie sich auf dem Boden, Tränen der Freude netzten die Steinplatten.

Nur einer lachte nicht: der Offizier! Er hatte nicht übersehen, daß das erste, auslösende Lachen von einem Kameramann des Fernsehens ausgegangen war, der zwischen den Schützen sein harmloseres Zielgerät aufgebaut und während der vorigen Szene geistesgegenwärtig in Aktion gesetzt hatte. Der Offizier erhob sich mit sportlichem Schwung und brüllte:

»Auf! Positionen einnehmen!« – Was allerdings fürs erste die entgegengesetzte Wirkung zeitigte, denn seine

Leute lachten aufs neue aus vollem Halse, und dieses zweite Gelächter brachte unverhohlen zum Ausdruck, wie man sich über sein albernes Gehabe hinwegzusetzen gedachte.

Da riß ihn der Zorn hin. Er griff zur Pistole und feuerte einen Schuß in die Luft. Auf der Stelle herrschte Ruhe, als ob das Lachen aus der Luft geschnitten wäre.

Die Männer erhoben sich langsam, ordneten ihre Kleidung, klopften sich den Staub von den Gliedmaßen. Auch der kleine Bischof rappelte sich hoch. Er war noch immer blaß.

»Festnehmen! Handschellen!« Der Offizier wies auf den Bischof. Man packte ihn, legte die Fesseln an und brachte ihn vor den Vorgesetzten.

»Es tut mir leid«, sagte der Bischof und hob resigniert die aneinandergeketteten Hände. »Aber ich kann Ihnen das alles erklären.«

Der Offizier, der wohl bemerkt hatte, wie das Gelächter und mehr noch sein Schuß Neugierige aus dem Wohnviertel rechts und links der »Straße der Versöhnung« in großer Zahl angelockt hatte, fürchtete nun um seine Reputation, fuchtelte dem Bischof mit der Pistole wütend vor dem Gesicht herum und schrie, außer sich:

»Das wirst du mir büßen! Das ist Desavouierung der Staatsgewalt! Irreführung der Behörden! Insurrektion! Abführen!«

In diesem Augenblick hörte man hinter seinem Rükken, vom Portal der Peterskirche her, eilige Schritte, und noch während des Laufens den Ruf: »Halt! Um Gottes willen! Halt!«

Alle wandten sich in Richtung der Schritte und der Stimme.

Im langen schwarzen Gewand, das ihn als Priester auswies, stürzte ein großgewachsener Mann die erste, die zweite, die dritte Treppe herunter, stolperte, fing sich im letzten Augenblick, kam atemlos vor dem Offizier zum Stehen.

»Bei Gott! Sind Sie denn übergeschnappt?!«

Der Offizier faßte sich.
»Monsignore Papini!«
Er machte eine leichte Verbeugung. Papini achtete nicht weiter darauf, ging auf den kleinen Bischof zu, umarmte ihn, Tränen stürzten über seine Wangen, er küßte den Bischof und sagte:
»Bei allen Heiligen: Was für Zeiten! Was für Sitten! Was müssen Sie erdulden, Exzellenz!«
Und wieder umarmte er ihn. Dann wandte er sich um, und sein Gesicht bekam einen Zug, der den Offizier erstarren ließ.
»Fesseln abnehmen!«
Die Soldaten zögerten: »Aber Monsignore! Der Mann ist ein Terrorist!«
Da griff Papini selbst nach dem Schlüssel und nahm die Handschellen ab. Dann wandte er sich an den Offizier:
»Sie werden darüber Rechenschaft ablegen, Mann!«
Der Offizier verstand nichts mehr, versuchte eine Rechtfertigung.
»Ich habe meine Befehle! Der Mann hatte keine Papiere! Ich . . .«
»Die braucht er auch nicht! Das da« – er wies mit großer Geste auf den Befreiten – »ist der *letzte* Bischof!«
Papini hielt plötzlich ein Foto in der Hand und zeigte es ganz so im Kreise, wie einst Neville Chamberlain das Papier des Münchner Abkommens einer euphorisch sekundierenden Menge vorwies, und die Wirkung war eine ähnliche:
Die Leute, die eben noch um ihr Leben fürchteten, begannen emphatisch Beifall zu klatschen; einige knieten nieder, baten um den Segen, berührten das Kleid des Bischofs, suchten seinen Ring (den er, wie wir ja wissen, gar nicht am Finger trug) zu erhaschen und überschütteten seine Hand mit Küssen.
Der Offizier, keines klaren Gedankens mehr fähig, wollte vor Scham im Boden versinken: Das war das Ende seiner Karriere! Er begann zu schluchzen:
»Ich habe nur meine Pflicht getan! Ich konnte doch

nicht damit rechnen, daß Seine Exzellenz . . . auf diese Art und Weise . . .«

Er brach zusammen, stürzte vor dem Bischof auf die Knie, bat um Verzeihung.

»Nicht doch, mein Sohn!« Der Bischof berührte ihn leicht bei der Schulter. »Die Welt ist voller Wirrnisse, die wir nicht immer verstehen. Ich auch nicht. Steh auf! Wir brauchen dir nicht verzeihen, weil du ja nichts Böses getan hast.«

Und viele von denen, die dies hörten, behielten diese Worte in ihren Herzen, wohl wissend, daß sie Zeugen eines großen Ereignisses gewesen, und noch ihre Kindeskinder würden dereinst davon Erstaunliches zu berichten wissen. Allen stand wunderliche Rührung im Gesicht: In diesem Augenblick wären sie für den kleinen Bischof durchs Feuer gegangen, hätten sie sich den wilden Bestien im Kolosseum zum Fraß vorwerfen lassen, falls das noch möglich gewesen wäre!

»Seien Sie weiter so wachsam!« sagte der Bischof. »Aber lernen Sie unterscheiden: Nicht jeder ›Terrorist‹ ist ein Bischof!«

Er hob in seiner unnachahmlichen Art die Rechte, halb grüßend, segnend und sie verabschiedend.

Mittlerweile hatte einer der Uniformierten den Koffer fein säuberlich wieder eingeräumt, stellte ihn hin, schlug die Hacken aneinander – der Bischof zuckte zusammen – und meldete:

»Koffer eingeräumt, Exzellenz!«

»Gut«, sagte Papini. »Bringen Sie ihn zum rechten Portal!«

Er wies zur Vorhalle, wandte sich dann an den Bischof:

»Bitte, Exzellenz! Wir erwarten Sie schon lange . . .«

Und tatsächlich: Eine Gruppe von etwa zwanzig Würdenträgern hatte am Eingang zum päpstlichen Palast Aufstellung genommen und bildete, sich verbeugend und Grüße murmelnd, Spalier, schloß sich dann in bescheidenem Abstand den beiden an, als sie durch das Tor geschritten waren.

Auf dem Platz war es nun wieder ruhig. Die Beter begannen wieder mit ihren Litaneien und Fürbitten zur Genesung des Heiligen Vaters.

Nur oben, auf dem Dach der linken Kolonnade, packte ein nervöser Mensch seine Kameras und Teleobjektive ein und hastete davon, um sein Filmmaterial noch für den abendlichen Report entwickeln zu lassen.

ELFTES KAPITEL

Ein Abendessen zu dritt. Dr. Falk spricht mit Martin unter vier Augen

»Herein!« rief Gerhard noch einmal. Die Tür öffnete sich, und ein Teewagen ruckelte langsam ins Zimmer. Dahinter wurde eine weibliche Person in der Tracht weltlicher Schwestern sichtbar, mit allen Zügen einer Frau, die man einst eine Matrone genannt hätte. Am meisten stach eine scharf geschnittene Nase hervor, die an einen Greifvogel erinnerte. Diese Nase behauptete sich mühelos zwischen den engstehenden, kleinen Mausaugen, während ein großer, lippenloser Mund abrupt die Waagerechte in vollkommen geometrischer Entsprechung zur Nase betonte.

Als sie sprach, öffnete sich diese Klappe zu einem Loch.

»Oh!« dröhnte die metallische Stimme durch den Raum. »Sie sind zu dritt! Das hätten Sie mir sagen müssen, Vater!«

Der Vorwurf war unüberhörbar.

Gerhard rutschte auf seinen Stuhl: »Ach ja, ich vergaß es. Das ist Pater Maria . . . Marianus.« Er sprach sehr zuvorkommend. »Er war seit . . . eh . . . schon seit gestern unser Gast.«

»Sie brauchen sich nicht zu entschuldigen!« knurrte sie.

»Das ist auch nicht meine Absicht!« gab Gerhard kurz zurück, dem dieses selbstherrliche Frauenzimmer auf Anhieb unsympathisch war.

»Stellen Sie den Wagen hin, er wird für uns drei reichen.«

»Meinetwegen. Dann hole ich noch ein Gedeck.«

Sie ging mit energischen Schritten und hoch erhobenen Hauptes davon.

Die drei blickten ihr nach, und Martin gab zu bedenken:

»Was nun?«

»Wie: Was nun? – Maria . . . Bruder Marianus bleibt natürlich noch zum Essen. Es würde Verdacht erregen, wenn er jetzt ginge. Bitte!«

Er wies ihnen Plätze um den Couchtisch an, und die Brüder Martinus und Marianus setzten sich.

»Bedecken Sie Ihre Beine!« flüsterte Gerhard, und Marianus zog die Kutte sittsam nach unten.

»Jetzt fehlt nur noch, daß Falk hereinplatzt!« sagte Gerhard.

»Warum nicht?« grinste Martin, dem das Spiel sichtlich Spaß machte. »Nein, ganz im Ernst! Auf diese Weise können wir ungehindert Kontakt mit der Außenwelt aufrechterhalten. Marianus kann den Kurier spielen.«

»Wohin? Ich meine, zu wem sollte er sich denn begeben?« fragte Gerhard.

»Das weiß ich selbst noch nicht, aber ich habe das sichere Gefühl, daß wir bald Hilfe von außen nötig haben.«

Die Schwester kam zurück, maulte schon in der Tür:

»Trotzdem möchte ich, daß Sie mir nächstens vorher Bescheid geben!

»Das Essen ist uns nicht so wichtig«, sagte Gerhard.

»Aber mir!« konterte sie, ordnete mit lautem Geklapper Teller, Tassen und Besteck. »Schließlich ist es meine Aufgabe, für Ihr Wohlbefinden zu sorgen. Alles muß seine Ordnung haben!«

Gerhard befürchtete schon, daß sie bald mit einem Generalputz des Hauses anfangen würde, wurde aber von solch apokalyptischen Gedanken abgelenkt. Sie war gerade bei Marianus angelangt, hob den Blick. Des Bruders Mund hatte ihre Aufmerksamkeit erregt, und sie starrte in unverschämter Neugier darauf.

»Ist was?« fragte Martin gereizt.

»Nein, nichts!« sagte sie und klappte den Mund zu. Dann trat sie zurück vor den Tisch und – die drei glaubten ihren Augen nicht zu trauen – vollführte einen altmodischen tiefen Knicks, machte abrupt kehrt und stolzierte mit einem »Tsss!« aus dem Zimmer.

Dieses »Tsss!« hörten sie noch, das Folgende ihres Selbstgesprächs entfernte sich als unverständliches Gemurmel.

»Um Gottes willen!« rief Martin und blickte Bruder Marianus an. »Der Lippenstift!«

Marianne griff nach ihrer Tasche, entnahm ihr ein Papiertaschentuch und entfernte sachkundig, unter seltsamen Verformungen der Lippen den fettigen Farbstoff, während Gerhard mehr verschämt der Prozedur folgte. Noch nie hatte er so schöne Lippen aus solcher Nähe gesehen.

Die Säuberung war gerade beendet, als man vom Gang her bekannte kurze Schritte hörte, dann die Meldung des Postens:

»Keine besonderen Vorkommnisse!«

»Jetzt wird's ernst!« flüsterte Gerhard. »Laßt uns beten!«

Sie falteten die Hände, und beim folgenden Text des Tischgebets richteten sich Martin und Marianus in allem nach den Bewegungen von Gerhards Mund, murmelten irgendwelche Laute und starrten ernst auf das Essen.

Die Tür ging auf.

»Oh! Verzeihung!« sagte Falk und wartete mit hängenden Armen im Türrahmen, bis die Mönche zu Ende waren.

»Amen!« sagte Gerhard, und die beiden Brüder beeilten sich, das Kreuzzeichen zu machen.

Falk trat näher, wandte sich zunächst an Gerhard.

»Ich wußte gar nicht, daß Sie Besuch haben . . .«

Gerhard erhob sich: »Wenn Sie noch einen Imbiß nehmen wollen?«

»Ihr Hausdrache kocht ganz ausgezeichnet«, hängte Martin keck an, doch Falk schien das zu überhören, reichte den dreien der Reihe nach die Hand; als er zu Marianus kam, erklärte Gerhard: »Bruder Marianus! Er ist Kunsthistoriker. Er arbeitet gerade an ...« – »... dem politischen Aspekt des gotischen Kirchenbaus«, vervollständigte Marianus mit einem entzückenden Lächeln und seltsam gepreßter Stimme.

»Oh, wie interessant! In der Tat eine ganz neuartige Perspektive!«

Falk nahm an der Ecke des Tisches Platz und setzte ein zufriedenes Gesicht auf.

»Man hat Seine Exzellenz gefunden ...«

»Wo?« fragten Gerhard und Martin zugleich.

»Auf dem Petersplatz!«

»Auf dem Pe ...«

»Ja. Wieso und warum, weiß ich noch nicht.«

»Gott sei Dank!« rief Gerhard, und die Brüder bekreuzigten sich. Man begann schweigend mit dem Essen, während Falk ganz gegen seine Gewohnheit schwieg.

»Dann wird er ja wohl im Laufe des Abends anrufen«, meinte Martin.

»Ja«, sagte Gerhard, während Bruder Marianus beharrlich schwieg. Falk saß da und schaute zu, wie sie aßen.

»Sie sind so schweigsam«, ermunterte ihn Martin.

»Ach, es war ein anstrengender Tag ...«

Martin nickte: »Ja, für uns alle.«

»Ich habe Ihr Fernsehinterview gesehen. Ausgezeichnet!«

»Finden Sie? Das waren doch nur Phrasen!«

»Eben. Aber gut verpackt. So muß man's machen.«

Sie schwiegen wieder. Es klopfte. Die Schwester kam.

»Ich möchte abräumen«, brummte sie, nahm im übrigen von Falk keine Notiz und zog mit dem ineinandergeschobenen Geschirr klappernd wieder ab.

Falk erhob sich, ging zur Terrassentür, blickte hinaus in den dunklen Park.

»Wie still es ist. Dabei ruhen die Augen der Welt auf uns.«

Er öffnete die Tür. »Bruder Martin, würden Sie mich wohl zu einer kleinen Unterredung begleiten?«

Martin schaute auf. »Ich? . . . Wenn Sie meinen . . .«

Sie traten auf die Terrasse. Nichts rührte sich, und doch wußte Martin, daß jeder seiner Schritte beobachtet wurde.

Sie traten an das Geländer. Falk fragte belanglos:

»Wie lange sind Sie schon im Hause?«

Martin wurde unbehaglich: »Ach, schon . . . warten Sie . . . elf Monate.«

»Aha . . . Und vorher?«

»Vorher? In verschiedenen Klöstern . . .«

Falk schwieg. Plötzlich wandte er sich um, faßte Martin bei den Schultern, drehte ihn so, daß das Licht der Terrassentür ihn voll traf und sagte gepreßt:

»Sie sind überhaupt kein Mönch!«

»Sind Sie verrückt?« Martin versuchte seiner Stimme einen entrüsteten Unterton zu geben.

»Keineswegs! Was sagen Sie dazu?«

Er holte ein Foto aus seiner Jackentasche und hielt es Martin vor die Augen: das Bild zeigte ihn – sein Gesicht mit Bart war voll getroffen – wie er ein Mädchen umarmte. Allem Anschein nach war es die Szene vom Nachmittag, im Arbeitszimmer Seiner Exzellenz. Das Gesicht der weiblichen Person war nicht zu erkennen, weil sie ihren Kopf über seine Schultern beugte.

»Tja, wir haben eben Fachleute! Sind für alle Eventualitäten gewappnet. Das ist eine Teleaufnahme mit sehr lichtempfindlichem Film! Da staunen Sie, was?«

»Ich muß doch bitten. Das ist meine Schwester!«

»Ach! Die Schwester! Aber wie ist sie denn ins Haus gekommen? Ich habe ja das Interview mit dem eigenartigen Dazwischentreten Ihrer ›Schwester‹ noch gut in Erinnerung. Wie die Dinge liegen, gibt es zwei Möglichkeiten:

a) Sie sind wirklich Mönch, und dieses Mädchen da ist Ihre . . . nun ja, Sie wissen, was ich meine.

b) Sie sind kein Mönch, und das da ist Ihre Komplizin!

In jedem Fall wäre eine Veröffentlichung des Fotos kompromittierend, nicht nur für Sie, sondern mehr noch für Seine Exzellenz!«

»Was wollen Sie von mir?«

Die Frage war ein Geständnis, und Martin begann zu zittern. Falk lächelte.

»Ich möchte außerdem feststellen, daß die Sachlage auch für Ihre beiden Ordensbrüder von einigem Interesse sein dürfte. Sie verstehen mich hoffentlich!«

»Was wollen Sie?«

»Ich will keineswegs Ihr privates Glück stören – oder gar zerstören! Das Mädchen werden wir auch noch finden! Nein, ich möchte von Ihnen gewisse Instruktionen und Informationen, wenn Seine Exzellenz wieder im Hause ist.«

»Worüber?«

»Kommt Zeit, kommt Rat. Sie werden es früh genug erfahren. Im übrigen darf ich Sie noch darauf verweisen, daß die Kriminalpolizei ein erhebliches Interesse daran haben könnte, Sie näher kennenzulernen. Liegt doch vor uns eine auf höchst sonderbare Weise gefällte Platane. Ich glaube, wir haben uns verstanden. Gehen wir wieder hinein! Ihre Brüder warten.«

ZWÖLFTES KAPITEL

Der Bischof spricht mit dem Papst, und ein seltsamer Mann taucht auf

»Kommen Sie, Exzellenz!« flüsterte Papini. Sie befanden sich im Vorzimmer des päpstlichen Schlafgemachs.

»Wie geht es Seiner Heiligkeit?« Der kleine Bischof konnte es endlich fragen, nachdem Papini die übrigen Anwesenden mit einer Handbewegung entlassen hatte. Papinis Gesicht wurde ernst. Er legte dem Bischof brüderlich eine Hand auf die Schulter.

»Ich möchte und darf Ihnen keine falsche Hoffnung machen, Exzellenz. Es steht sehr schlecht. Der Schock, den diese furchtbaren Nachrichten bewirkten, hat heute morgen einen totalen Kreislaufzusammenbruch ausgelöst.«

Der Bischof nickte nur. Papini fuhr fort:

»Ich zweifle, ob er Sie überhaupt erkennen wird. Ihr Besuch darf ihn nicht erregen, Sie verstehen ... Wir müssen uns strikt an die Weisungen seines Arztes halten. Kommen Sie, wir wollen es versuchen.«

Papini ging zur Doppeltür und öffnete lautlos einen Flügel. Der Bischof folgte, und auf Zehenspitzen betraten sie den Raum. Das Zimmer lag im Dämmerlicht einer halbhohen Stehlampe mit matter Birne. Professor Fontana, der am Kopfende auf einem Stuhl neben dem Bette saß, legte das Buch, in dem er gelesen hatte, zur Seite, machte eine beschwichtigende und Ruhe heischende Handbewegung, während er sich erhob, drängte dann beide Besucher in eine Ecke und flüsterte:

»Er schlummert seit einer guten Stunde. Bisweilen

murmelt er unverständliche Worte. Sollte er erwachen, bitte ich darum, ihn auf gar keine Weise durch neue aufregende Nachrichten zu beunruhigen. Eine weitere Hiobsbotschaft würde das Ende bedeuten!«

Papini und der Bischof nickten. Der Arzt fuhr fort:

»Ich werde mich für alle Fälle im Vorzimmer bereithalten. Wecken Sie ihn nicht auf. Jede Sekunde Schlaf ist kostbar. Doch nehme ich an, daß er bald aufwacht.«

Er verbeugte sich leicht und verließ den Raum. Der Bischof und Papini traten rechts und links vom Kopfende an das einfache Bett und blickten auf den Schlafenden, in das Gesicht eines Asketen, und beide empfanden es auf unaussprechliche Weise, daß es vom Tode gezeichnet war.

»Lassen Sie mich, bitte, allein mit Seiner Heiligkeit«, bat der Bischof leise. Papini nickte, verbeugte sich und ging mit gefaltenen Händen aus dem Raum.

Vorsichtig und sehr behutsam, um jedes Geräusch zu vermeiden, nahm der Bischof auf dem Stuhl Platz. Er faltete die Hände und blickte auf das Gesicht seines Papstes. Man hatte Kopf und Rücken höher gebettet, weil es ihm so Erleichterung verschaffte beim Atmen.

Noch nie war er seinem Herrn so nahe gewesen, und er erschauerte plötzlich in dem Bewußtsein, hier am sichtbaren Ende einer zweitausendjährigen Kette zu sitzen, unter deren Gliedern solche waren, die einst die Welt geprägt und verändert hatten. Dann sah er es wie einen Baum, an dem einzelne Zweige vertrockneten, während an anderer, höherer Stelle, neue Triebe sprossen; aber ein ungeheurer Sturm hatte den Riesen gebeutelt; alle Äste lagen zersplittert auf dem Boden; nur seitlich, an nicht vermuteter Stelle, zeigte sich eine unversehrte Knospe; sie war noch zu klein, als daß die vernichtenden Schläge des Sturms ihr etwas anhaben konnten. Und er sah in den Baum hinein: Gesichter gaukelten auf und nieder, gute und böse, auch Fratzen von scheußlichem Aussehen, und aus ihren Mündern quollen Träume, gute und böse, und sie hüllten bisweilen den ganzen Baum ein, zogen in Schwaden zwischen dem Geäst davon; er blickte nach unten, sah in das Gewirr der Wurzeln, wie sie sich festkrallten im Fels, als ob sie sich animalisch regten, sah auch, wie allerlei Nagetiere in Scharen an modernden Teilen fraßen; und jenes alte, uralte sibyllinische Orakel stieg in ihm auf, er hatte es früher nie recht begriffen:

»Kommen wird einst über dich von oben,
hochnackige Roma,
nieder vom Himmel der gleiche Schlag, und du wirst
beugen den Nacken als erste,
und verlassen wirst du sein, und Feuer wird dich
verzehren,
niedergekauert auf eigenem Boden; zugrunde wird
gehen dein Reichtum,
in deinen Wohnungen werden nun Wölfe und Füchse nur
hausen.
Und dann wirst ganz verlassen du sein, als wärest du
niemals gewesen . . .«

Würde es so sein? Er hatte offenen Auges geträumt, erwachte nun aus seiner Versenkung. Sein Blick fiel auf die aufgeschlagene Seite des Buches, das Professor Fontana auf den Nachttisch gelegt hatte. Er nahm es und las:

»Ewig lebst du, ewig, Roma, stehst du in Blüte. Du,
nach so vielen Verlusten, nach langem Vergessen
und nach so schrecklichem Fall, da sich hoben
allseits die Flammen,
du, über die Asche und über die Schrecknisse
deiner Ruinen
höher hebst du dich empor, über alle Todesschatten
feierst du deine Triumphe!
Du, vor den Völkern, die durch dich am Recht
haben Anteil, zeigest
wundersam dich auch jetzt in der letzten Blüte
der Jugend,
ähnlich der Pallas, gesichert in glänzenden Waffen,
gegürtet mit deinem Schwert: und es erhebt sich über
den Erdkreis

sie, an deren Licht die Völker das gewaltige Leuchten
zuerst einst haben entzündet; sie, die uns fortscheucht den
Schatten,
Rom, du voller Macht; sie, mächtiger als die Zeit:
deine Fackel des Lebens!«

Er kannte die Hymne nicht. Der Text war von einem Giovanni Pascoli, über den es einleitend hieß: »... 31. 12. 1855 – 6. 4. 1912; durch die Ermordung des Vaters früh Waise, als Student wegen sozialistischer Umtriebe gefangengesetzt, erreichte P. die Professur verschiedener Universitäten ... die hier vorgelegten Verse beschließen seinen ›Hymnos auf Rom‹ mit jener leidenschaftlichen Hingabe, die seit den 22 Jahrhunderten seit dem bewundernden Hymnos Melinnos ständig weiterklingt ...«

Er legte das Buch zurück. Seltsam, wie immer die Verfolgten, Verhinderten, Gedemütigten, die nicht Etablierten vom Atem der Geschichte angerührt wurden. – Hatte der Papst diese Zeilen gelesen? Oder Fontana? Wahrscheinlich beide, und er empfand warme Zuneigung für den Arzt.

In diesem Augenblick seufzte der Kranke und öffnete die Augen, doch sie flackerten, der Blick ging ins Leere.

Der Bischof hielt den Atem an und beugte sich vor: »Vater!«

Der Sterbende schien schon tief in die unendlichen Weiten der anderen Welt geschaut zu haben, denn es machte ihm Mühe, den Blick für die materiellen Dinge des Raumes zu ordnen. Und dann – es traf den Bischof im Innersten, denn es war das Zeichen des Todes! –, dann nestelte der Kranke mit den Fingern am Bettzeug, versuchte unsichtbare Flusen zu erhaschen und von der Decke zu entfernen; die schmalen weißen Hände fanden nicht zueinander.

Der Bischof legte die seinen darauf; sie spürten die Kälte, hielten sie sanft und ruhig. Und jene geheimnisvollen, in Urzeiten wurzelnden Kräfte, die nie ein Mensch würde fassen können, strömten über von dem starken Lebenden auf den schon schwindenden Geist des Sterbenden. Die Schleier wichen vom Auge, der Blick kämpfte sich, ein letztes Mal, frei; lange ruhte er in den Augen des Bischofs.

»Du bist es. Ich habe auf dich gewartet.«

»Ja. Nun bin ich ja da.«

Es war, als ob sie sich seit Jahrtausenden kannten.

»Ich habe nicht mehr viel Zeit . . . Darum wollen wir uns auf das Wesentliche beschränken.«

»Ja«, sagte der Bischof und nickte.

»Du bist der letzte. Ich weiß es. Aber Noah war auch der letzte . . . und zugleich der erste . . . Jedes Ende ist zugleich immer ein Neubeginn . . .«

»Sprich, was soll ich tun?«

Der Papst schaute ihn an, lange, wissend und sehend:

»Den Kern freilegen! . . . Den Kern! Das Drumherum ist unwichtig. Die Wahrheit ist einfach . . . so einfach, daß sie jeder versteht! Du mußt von vorne beginnen, mit der Demut des Anfangs . . . Die großen Dinge wachsen im Stillen, sie meiden das Laute . . . Du wirst es schwerer haben, denn man hat den Menschen die Flügel ihrer Seele beschnitten . . . Und du wirst einsam sein. Wir werden einsam geboren und gehen einsam wieder davon, doch dazwischen liegt die gemeinsame Prüfung . . .«

Er schloß für eine Weile die Augen. Der Bischof saß da und wartete, wagte keine Frage.

»Du erwartest von mir Trost . . .«, fuhr der Papst fort, »wie könnte ich ihn dir geben . . . Allzusehr lastet das Beiwerk des Amtes auf uns. Wie oft habe ich diesen Palast hier verwünscht, denn er schied mich von denen da draußen: der Papst ist zum Dasein eines Bürokraten verdammt! Und manchmal« – er richtete sich auf und sah den Bischof mit weit aufgerissenen Augen an – ». . . es konnte an ganz unvermuteten Plätzen sein, stieg ein quälender Gedanke auf, wenn ich auf die vergangenen Jahrtausende blickte: Diese christliche Kultur des Abendlandes hat sich nur technisch kompetente Barbaren erzogen, sie hat Christus nie verstanden . . .«

Der Bischof saß da, unfähig zu einer Erwiderung; nicht, daß die Skrupel, die das Gewissen des sterbenden Papstes belasteten, die seinen waren, bedrückte ihn – er erschrak vor der ungeheuren Last der Verantwortung, die über alles Menschenmaß hinausging, denn sie unterstand unmittelbar dem Auge Gottes.

»Du bist besser als ich«, fuhr der Papst leise fort; das Reden beanspruchte seine letzten Kräfte. »Du wirst es schwerer und leichter zugleich haben, weil du nicht alles relativierst. Am ewigen Relativieren wird diese Kultur zugrunde gehen! Doch dein Gemüt ist von einfacher Größe ... Du wirst neu beginnen ...wie Petrus ... Auch er war ein einfacher Fischer, Analphabet! Dir wird gelingen, was mir versagt blieb: ›die Transposition des eschatologischen Glaubens in die geistig-ethische Innerlichkeit‹, wie die Theologen es hochtrabend nennen ...« Seine Stimme schwand. Der Bischof beugte sich vor, um das Weitere zu verstehen.

»Du ... mußt Petrus und Luther in einem sein ... Weide meine Lämmer ... Friede ....«

Kein Aufbäumen, kein Kampf, der Atem entwich ihm mit dem letzten Wort. Er war tot.

Der Bischof saß da wie ein Kind vor dem schlafenden Vater, wenn es kaum sein Erwachen erwarten kann, weil es ihn mit Fragen nach dem Zusammenhang der Welt bestürmen will. Doch zugleich war eine große Ruhe und Kraft in ihm, wie er es nicht für möglich gehalten hätte. Es war, als ob er sich außerhalb von Zeit und Raum befand. So saß er eine Weile, und die Empfindungen des Herzens deckten alle Skrupel des Verstandes zu, wortlos floß die Zeit über ihn hin.

Dann erhob er sich, segnete den Leib des Toten und ging, gestärkt und in Erwartung der Dinge, die nun getan werden mußten, zur Tür, öffnete und trat in den Vorraum.

Papini, der die ganze Zeit in stiller Versenkung gebetet, schaute ihn an, bemerkte den veränderten Ausdruck im Gesicht des Bischofs.

»Ist er . . .?«

Der Bischof nickte stumm.

Papini und Fontana eilten ins Zimmer des Verstorbenen, und dem Arzt blieb nichts, als den Tod des Papstes zu bestätigen. Papini kam bald zurück, blieb vor dem Bischof stehen – und in plötzlicher Erleuchtung kniete er vor ihm nieder.

»Was ist?« fragte der kleine Bischof.

»Papa mortuus est – habemus Papam!« rief Papini und küßte die Hand des Bischofs. Fassungslos starrte dieser ihn an, doch Papini sagte:

»Der Papst ist tot. Sie sind der letzte Bischof. Ergo ist der letzte Bischof Papst!«

Der Bischof – wir zögern, ihn schon hier Papst zu nennen – beugte sich hinab und hob Papini auf.

»Ich brauche Ihre Hilfe, lieber Freund. Kommen Sie, wir haben eine Menge zu besprechen!«

Und noch während sie sprachen und Papini sich verbeugte, drängte sich ein Mensch durch die Tür, den niemand hier vermutet hätte, von dem weder der Bischof noch Papini hätte sagen können, wie er unter den gegebenen Umständen bis in dieses Zimmer vordringen konnte. Im übrigen sah er ganz so aus, als ob er es selbst nicht wüßte: er trug einen hellbeigen Cordanzug, ein mittelbraunes Hemd mit einer sehr fein abgestimmten Krawatte in beige-braun-rotem Schottenmuster, braune Mokassins. In der linken Hand hielt er ein Bündel DIN-A4-Blätter, in der rechten einen unwahrscheinlich spitzen schwarzen Filzstift. In seltsamer Körperhaltung kam er herein: den Blick nervös auf die beiden Anwesenden gerichtet, zugleich aber so, als ob er von ihnen nicht entdeckt werden wollte, so drückte er sich halb seitwärts, halb rückwärts, an ihnen vorbei, als ihn Papini – nun schon in ernstem Gespräch mit dem Bischof – ansah, ohne ihn eigentlich wahrzunehmen. Der Eindringling zuckte zusammen, glaubte sich schon durchschaut, zögerte, faßte sich und fragte – man kann es nicht anders als tolldreist nennen:

»Verzeihung, Monsignore . . . Professor Fontana?«

Und ohne seinen Gedankenaustausch mit dem Bischof zu unterbrechen, antwortete Papini mechanisch:

»Im Nebenraum!« und verließ mit dem Bischof das Vorzimmer.

»Gutgegangen!« flüsterte der Fremde, ging zur Tür des päpstlichen Schlafzimmers, beugte sich vor und lauschte: Nichts! Ruhe! – Er erhob sich wieder, schüttelte erstaunt den Kopf und lauschte nochmals: Ruhe! Nein, jemand kam zur Tür! Schnell trat er einen Schritt zurück, ordnete seine Krawatte und knöpfte die Jacke zu. »Hm!« machte er leise, um die Stimme freizubekommen. Er war ungeheuer nervös.

Da trat Fontana mit ernstem Gesicht in den Raum; seine Augen waren noch feucht; er hatte einen Freund verloren. Erstaunt blickte er auf den Cordanzug, dann in das Gesicht des Trägers.

»Wer sind Sie denn? Was wollen Sie? Wie kommen Sie überhaupt hier herein?«

»Ich . . . eh . . .«, begann der Cordanzug. »Ich . . . eh . . .«

»Nun, was denn? Wer denn?«

»Ich . . . eh . . . Ich bin der Autor . . .«

»Ach!« Fontanas Erstaunen war vollkommen.

»Ich muß Sie sprechen, Fontana!« fuhr der Cordanzug fort.

»Bitte!«

»Das trifft sich gut!« grollte Fontana. »Setzen Sie sich! Im übrigen für Sie immer noch ›Professor‹, wenn ich bitten darf!«

»Verzeihung! Natürlich!« Der Autor setzte sich. Fontana nahm ihm gegenüber, in etwa drei Schritt Entfernung Aufstellung, musterte ihn mit einem Blick, in dem Zorn, Spott und Trauer sich mischten.

»Das da« – er wies in das Sterbezimmer – »ist also Ihr Werk!« Der Autor erhob sich, machte eine verzweifelte Gebärde des Bedauerns. »Ich . . . Es war nicht meine Absicht, glauben Sie mir!«

»Setzen Sie sich!« donnerte Fontana ihn in den Sessel zurück, und erschrocken folgte der Mensch.

»Ich glaube, Sie sind nicht ganz bei sich! Ich kenne Typen wie Sie! Ich war Gutachter in einigen Prozessen der Roten Garden. Wie können Sie es wagen, in dieser ... dieser schnodderigen, ehrfurchtslosen Art und Weise mit dem Subtilsten, was diese Welt noch besitzt, umzuspringen?!«

»Verzeihung, wie ich Ihnen schon sagte, war es nicht meine ...«

»Schweigen Sie!«

Der Autor fuhr zusammen. Fontana nagelte ihn mit den Augen fest.

»Sie sind nicht Herr Ihrer Figuren! Schon immer waren es Schreiberlinge von Ihrer Sorte, die das Höchste beschmutzen! Leute wie Sie sind der Ausbund an moralischer Dekadenz! Sie gehören in jene subalterne Garde der Nestbeschmutzer, die, weil sie sich selbst mit den harten Gegebenheiten dieser Welt, wie sie nun einmal ist, nicht abfinden können und wollen, die selbst keine Hand rühren, um die Umstände zu bessern, weil sie sich die Finger nicht schmutzig machen wollen. Sie gehören in diese Clique von Ovid, Juvenal, Grimmelshausen, von Heine ganz zu schweigen.«

»Oh, Sie kennen Heine?«

»Wie? Na, man liest doch Zeitung!«

»Aber er starb doch schon vor ...«

»Na und? Eben deswegen!«

»Also wissen Sie, es wäre mir eine Ehre, wenn Sie mich mit diesen ...«

»Schweigen Sie! Jede Ihrer schmutzigen Silben ist eine Beleidigung Gottes!«

»So weit würde ich nicht gehen wollen.«

»Sparen Sie sich Ihre Süffisance! Wissen Sie überhaupt, was Sie da anrichten?«

»Wieso ich? *Sie* sind der Arzt! Ich hatte fest darauf vertraut, daß Sie die Krankheit in den Griff bekommen. Der große Fontana!«

»Reden Sie keinen Unsinn! So, wie Sie die Geschichte angelegt haben, war da nichts zu machen. Aber das eine kann ich Ihnen versprechen: Mit Seiner Exzellenz werden Sie nicht so einfach umspringen!«

Er ging erregt auf und ab: »Ein Wort von mir, und man läßt Sie im Karzer verschmachten!«

Der Autor setzte sich nun bequem hin, schlug die Beine übereinander.

»Sie vergessen, daß Sie völlig von mir abhängig sind!«

»Daß ich nicht lache! Bei mir sind Sie an den Falschen geraten! Von nun an müssen Sie mit mir rechnen! Es war die bislang – warum sagen Sie immer ›bislang‹? – größte Dummheit von Ihnen, sich auf dieses Gespräch mit mir einzulassen. Ich weiß, was Sie im Auge haben, was Sie in Ihrer dramaturgischen Hybris anvisieren: die Wandlung der Charaktere! Metamorphose! Katharsis! – Aber nicht mit mir! Nicht mit mir! Mit mir müssen Sie rechnen, da ich stets der gleiche bin und bleibe! Ich sah sie alle sterben, und das öffnet die Augen.«

»Und wenn ich Sie . . .?« Der Autor senkte den Daumen nach unten. Fontana ließ sich auch davon nicht beeindrucken:

»Das wird Sie nicht retten. Ich werde Sie entlarven, und wenn es auf der letzten Seite ist! Sie haben sich mit mir eingelassen, also tragen Sie die Folgen! Mögen Sie nur die Szene wechseln, Sie kommen nicht umhin, mich irgendwann um Rat zu fragen. Im übrigen habe ich jetzt keine Zeit für Ihre albernen Mätzchen. Guten Tag, mein Herr!«

Und mit großen, energischen Schritten verließ er den Raum. Der Autor aber ging zur anderen Tür und warf einen langen, ratlosen Blick auf den toten Papst.

DREIZEHNTES KAPITEL

»Quo vadis . . .?« und die Folgen, die niemand für möglich gehalten hatte

Es ist nun an der Zeit, den Ort unserer Erzählung für eine Weile zu verlassen und den Radius unserer Betrachtung auszudehnen, denn die Ereignisse dieses einen Tages hatten zur Folge, daß weltweit politische Positionen in Bewegung versetzt, ja erschüttert wurden, daß überkommene Maximen an Glaubwürdigkeit verloren – ja daß Verträge, die die Welt im Gleichgewicht hielten, von den Verantwortlichen im geheimen überdacht und ihre bisherigen Opportunitäten in Zweifel gezogen wurden.

So ist denn in geraffter Kürze festzuhalten – und wir können es bei der Komplexität der Entwicklung nur andeuten –, welche Steine allenthalben ins Rollen kamen.

Da hatte sich schon seit den frühen Morgenstunden das diplomatische Karussell in rasche Drehung versetzt; die Botschafter befreundeter Feinde und verfeindeter Freunde gaben sich in den Hauptstädten die Klinke in die Hand. Nur an dem Ort, der das Objekt aller Interessen war, herrschte absolute Windstille: im Vatikan. In weiser Voraussicht hatte Papini, wie wir sahen, Polizeikräfte und Truppen angefordert und alle offenen und versteckten Zugänge sperren lassen. Zwar versuchten die stets informierten Kreise auf dem Umweg über den Quirinal an die gewünschten Informationen heranzukommen, freilich ohne Erfolg, da die Regierung mittlerweile tatsächlich zurückgetreten war, und der gestürzte Ministerpräsident als letzte Exekutivmaßnahme alle Regierungstelefone mit dem bewährten Slogan »Kein Anschluß unter dieser Nummer« aus dem Verkehr gezogen hatte.

Da sich als Folge der schrecklichen Ereignisse in keinem Land eine kompetente katholische Stimme von höchster Autorität auftreiben ließ, hielt man sich an die mittleren Chargen der Hierarchie, machte sich vor allem an gewisse Theologen linker oder rechter Provenienz heran, und die Stubenhocker unter ihnen witterten ihre große Stunde, traten aus dem Staub der stillen Kämmerlein und ergingen sich vor der Öffentlichkeit – wie immer repräsentiert durch züngelnde Mikrofone – in den abenteuerlichsten Spekulationen.

Diese mit ungeheurem Fachwissen in gedrechselter Phrasierung vorgetragenen Kommentare reichten im Klartext von der Feststellung, daß dies wohl ein einmaliger, nie dagewesener, folglich nicht vergleichbarer Fall sei, über die Vermutung, gewisse Bischöfe hätten die Anschläge überlebt und hielten sich versteckt – ja, sie könnten die Anschläge gar selbst bewerkstelligt haben –, bis zu der Behauptung, das Ganze sei eine bösartige Erfindung kommunistischer Kräfte der Papst sei wohlauf, halte sich aber zurück, um nicht in die Niederungen der Politik gezogen zu werden.

Auf seiten der befreundeten Kirchen nichtkatholischer Konfession gab man öffentlich der Betroffenheit und Trauer Ausdruck – der Erzbischof von Canterbury weinte in angemessener Form vor der Kamera –, unter der Hand aber und im kleinen Kreise kursierte die Meinung, daß das römisch-katholische Vakuum genutzt werden müsse, um nun endlich einmal den eigenen Episkopat in der ihm zustehenden Weise aufzuwerten: Man sei endlich an dem Punkt angelangt, den Heinrich VIII. vergebens angestrebt habe.

Im Kreml wurde der russisch-orthodoxe Patriarch von Moskau in einer Audienz empfangen, und in einer anschließenden Pressekonferenz in Anwesenheit des gesamten Politbüros teilte der Patriarch unter lebhaftem Beifall der Parteispitze mit, daß Moskau nun endlich seinen Platz als das Dritte Rom unangefochten einnehmen werde.

Die protestantischen Kirchenführer blieben, wie zu erwarten, zerstritten, sehnten sich nach den Zeiten absoluter Fürsten zurück, die ihnen gesagt hätten, was sie denn nun tun sollten.

Demgegenüber verhielt sich Washington in auffälliger Weise still: Man müsse erst die Ergebnisse eines Untersuchungsausschusses abwarten, der die fatale Fehleinschätzung der Lage durch den CIA während der letzten Tage zu klären habe. Immerhin änderten alle Fernsehgesellschaften ihr Programm und strahlten den ganzen Tag über den Film »Quo vadis?« aus, was zur Folge hatte, daß, unter dem Eindruck der schrecklichen Ereignisse, zahlreiche Materialisten, verkappte Marxisten und Atheisten um Aufnahme in die römisch-katholische Kirche baten.

»Ein Volk begegnet seiner Schuld« – »Die Reaktionen auf ›Quo vadis?‹« – »Das Fernsehen und sein Publikum«, »Ende der Von-oben-nach-unten-Kultur!« – »Erkenntnisse und Folgerungen für die Arbeit der Fernsehanstalten« – und so ähnlich lauteten die Überschriften von Extrablättern der »Times« und anderer Zeitungen. Und ein großer New Yorker Verlag kündete in den Werbespots der »Quo vadis?«-Übertragung für den nächsten Tag eine Taschenbuch-Dokumentation an unter dem Titel: »›Quo vadis?‹ und die Folgen. Mit einer Erklärung Peter Ustinows, warum er den Nero spielte.«

Aus Saudi-Arabien kam die Zusage, daß man den Vatikan trotz allem weiter mit Öl beliefern werde. Israel ließ durchblicken, daß man sich nun durchaus vorstellen könne, mit dem Heiligen Stuhl diplomatische Beziehungen aufzunehmen, solange er vakant sei, während einige Eurokommunisten Ansprüche geltend machten, endlich einen der Ihren auf den Stuhl Petri zu setzen, deckten sich doch die Ziele des Urchristentums völlig mit ihren, und dies schon seit der Steinigung des Stephanus; offen blieb, auf welcher Seite sie damals gestanden haben wollten.

Der Ministerrat der EG dagegen war ratlos, zumal eine Spaltung in ein protestantisches und katholisches Lager jeden Konsens verhinderte und Frankreich sich vergeblich bemühte, mit den Parolen der großen Revolution die reaktionären Wogen zu glätten.

Die Situation wurde aber entscheidend mitbestimmt durch die ungeahnten Folgen des Films »Quo vadis?«, zumal hier auf eine neue Art, die bisher niemandem so recht zu Bewußtsein gekommen war, die Frage der Christenverfolgungen angesprochen wurde.

Schon am nächsten Morgen – der Vorgriff sei erlaubt – begann die Aufarbeitung des Ereignisses in den papiernen Medien:

»Jahrzehntelang«, schrieb ein deutsches Blatt, »war doch ›Quo vadis?‹ von denen, die es kannten, wie von denen, die eher ein stabiles Vorurteil hatten, wie eine Peinlichkeit behandelt worden, eine fragwürdige Bußübung verunsicherter Fernsehhierarchen. Da empörten sich die Repräsentanten einer Kulturnation gegen die Hollywood-Barbaren, die selbst das erschütterndste Ereignis der frühchristlichen Geschichte ihren schamlosen Vermarktungsstrategien zu unterwerfen schienen. Sie sind eines Besseren belehrt worden: ›Quo vadis?‹, unter dem Eindruck der tragischen Ereignisse dieser Tage gesendet, hat nicht nur unser Geschichtsbewußtsein verändert, es hat uns auch gelehrt, was Massenkommunikation sein kann. Nach ›Quo vadis?‹ darf Fernsehen auch bei uns nicht mehr sein, wie es bisher war.«

Und ein anderes Blatt schrieb:

»Was Gewicht hat in den Sendungen des deutschen Fernsehens, richtet sich an die deutsche Oberschicht, folgt ihren Vermittlungsansprüchen, ihrer Sprache, ihrem Einfühlungs- und Denkvermögen. Für die ›breiten Massen‹ gibt es Rosenthal und Peter Alexander, Ohnsorg und Blauen Bock. Doch wenn es ernst wird, verengen sich die Kanäle, werden die Signale verschlüsselt, kommen die Botschaften von oben herab. Das ist nun anders geworden: »Quo vadis?« ist ein herausragendes Produkt der Trivialkultur. Im immer schon vorhandenen Einverständnis mit den Ansprüchen und Bedürfnissen der Massen hergestellt, mußte es die Gebildeten hier in Europa so lange irritieren, wie es dem eigentlichen Kommunikationsprozeß, das heißt dem Fernsehen entzogen war. Erst während der Sendung hat die massenhafte Zustimmung und Betroffenheit nach und nach die Bedenken derer zerstreut, die hierzulande gemeinhin über Erfolg und Mißerfolg entscheiden. Das ist – ästhetisch gesehen – das Neue und Überraschende an ›Quo vadis?‹. Der Film hat sich von unten nach oben durchgesetzt und damit scheinbar gesicherte Maßstäbe entkräftet. Für lange Zeit? Möglicherweise für immer! Die Lebbarkeit wird die Zukunft erweisen.«

Die Folgen dieser neuen »Von-unten-nach-oben-Kultur« setzten denn auch spontan noch am gleichen Abend ein: Im Hause Peter Ustinows wurden sämtliche Scheiben im ersten Stockwerk zertrümmert. Eine namenlose Menge forderte seinen Kopf, und am Morgen fanden sich Wandsprüche wie »Christenmörder!«, »Römisches Schwein!« und zahlreiche Hakenkreuze an allen Mauern seiner Villa. Nur dank seiner genialischen Verwandlungskünste und internationalen Sprachkenntnisse gelang es dem längst ergrauten Nero-Darsteller, Hals über Kopf in einem U-Boot, das ihm sein Freund, Admiral B., zur Verfügung stellte, wie weiland Kapitän Nemo unterzutauchen. Es sickerte nur noch durch, daß er an einem zwanzigstündigen Monologstück in Esperanto arbeite, das seine Distanzierung von der Rolle des kaiserlichen Schlächters beinhalte.

Der »Spiegel« habe schon die deutschen Rechte erworben.

Doch all diese internationalen Ereignisse waren harmlos im Vergleich zu dem, was sich im Mutterland des kleinen Bischofs abspielte – wenn es auch erst heute, nachdem wieder die übliche Ruhe nach dem Sturm eingetreten ist, in allen Details überschaubar ist.

Der Wahlkampf, der vor vier Wochen mit abgestandenen müden Parolen, die der ausgehenden römischen Republik zur Ehre gereicht hätten, begonnen hatte und kaum vom Fleck kam, echauffierte – nein: verwandelte sich abrupt innerhalb von einer Stunde auf die andere zur Schlacht! Da wurden Kräfte mobilisiert, die der jeweilige Gegner längst in den Archiven der Konkurrenz sanft entschlafen glaubte. Das Jungvolk der Parteien brachte Unruhe in die Parteisekretariate, entdeckte die zeitlose Aktualität der Evangelien, forderte die Aufnahme von Jesus-Zitaten ins Parteiprogramm, warf der Gegenseite Plagiat vor, wenn sie zuvorkam, versuchte solche Malaisen zu umgehen durch neuere oder ältere Übersetzungen; ja es wurde das »Geheime-Markus-Evangelium« zum zweitenmal ausgegraben und auf publikumswirksame Wendungen abgeklopft.

Den ohnehin sehr abstrakten Parteiemblemen wurden nun christliche Accessoires hinzugefügt, und ein gewisses Werbeunternehmen, das in den vergangenen Jahren schon alle Parteien und ihre Chefs querbeet mit grafischen Gags aufgemöbelt hatte, war gezwungen, bei den zuständigen Institutionen und Vereinigungen bildender und schreibender Künstler nach Malern und Autoren anzufragen, die sich für einige Wochen ein Zubrot verdienen möchten; und so prangten denn in Kürze von den Hochburgen in Stadt und Land an herausragenden Stellen Plakate mit Kürzeln und Symbolen des frühen Christentums, insonderheit solche, wie man sie aus den Katakomben kennt, so daß Augustinus und die Kirchenväten sich auf Anhieb zu Hause gefühlt hätten. Die kommerzielle Werbung tat ein übriges, wollte nicht hintanstehen, und so fanden sich denn allenthalben Fisch und Taube einträchtig versammelt neben den weniger pazifistischen Wappentieren der Evangelisten, und Heraldiker wie Grafiker arbeiteten pausenlos daran, wie man das Christusmonogramm in eine gefälligere Form bringen könnte, etwa vergleichbar jenen vertrauten Zeichen, die alle vier Jahre aus Anlaß der Olympischen Spiele auf das globale Ereignis aufmerksam machten. Peter Alexander spielte schon eine LP mit Kirchenliedern ein, während Heino auf frühgregorianische Gesänge umstieg.

Selbstverständlich stieg der Umsatz aller Fischgeschäfte, und die Küchenchefs industrieller Großbetriebe wurden angehalten, für die Freitage fleischlose Gerichte zu konzipieren.

Die ständige Konferenz der Kultusminister nahm die Bezeichnung endlich einmal ernst und tagte 36 Stunden, mit dem Ergebnis, daß die Noten im Fach Religion endlich wieder gleichberechtigt neben Mathematik, Sprache und Realien zu bewerten seien; ferner, daß die Zulassung zum Medizinstudium nur mit einer 0,4 in Religion zu vergeben sei, womit man endlich das Problem des Numerus clausus vom Tisch hatte.

Der Gemeinderat von Oberammergau legte den alten Streit um die Form der Passionsspiele bei, denn man beschloß einstimmig, beide Fassungen ab sofort simultan zu spielen, so daß jede Rolle doppelt besetzt werden mußte: »Wir sind für totale Offenheit!«

Viele Bürger wollten nicht zurückstehen, stellten Lämpchen wie weiland zu Zeiten der Berlinblockade in die Fenster oder schmückten die Eingänge ihrer Häuser in den Farben ihres Bistums.

Binnen weniger Stunden waren alle Bibeln, die das Sortiment auf den Markt warf, ausverkauft, und man sah überall dort, wo sonst die Fahrt zum Arbeitsplatz im Bus, in der Bahn, im Restaurant mit Zeitunglesen überbrückt wurde, eifrige Leser der Heiligen Schrift, und man machte sich gegenseitig auf die feinen Unterschiede der Bergpredigt bei den Synoptikern aufmerksam. Natürlich vernichteten Friseure und Ärzte den Vorrat an alten Illustrierten und boten ihren Kunden und Patienten fromme Lektüre an, so daß die Redaktionen von »Christ und Welt«, »Münchner Merkur« und »Osservatore Romano« kaum dem Bedarf entsprechen konnten.

Die Kirchen waren pausenlos in Aktion, und die Dechanten einzelner Regionen waren gezwungen, Krisenstäbe zu bilden, um den Betrieb rund um die Uhr zu gewährleisten, wobei man auf die Priesterbestände der einschlägigen Klöster zurückgreifen mußte.

Das Bundeskabinett tagte in Permanenz, legte zur Entspannung und geistlichen Sammlung alle halben Stunden eine Gebetspause ein, die der Bundeskanzler auf inständiges Bitten der Kollegen mit überzeugendem Orgelspiel musisch überhöhte. Von den bundesweit zu befolgenden Maßnahmen und Beschlüssen wollen wir hier nur die augenfälligsten nennen:

– Freie Fahrt für Priester auf allen öffentlichen Verkehrsmitteln;

– die Erlaubnis, statt der Nationalhymne »Ein' feste Burg . . .« bei öffentlichen Veranstaltungen zu intonieren;

– das Verbot, freitags Fleisch zu essen;

– die Forderung, bei allen Neueinstellungen im öffentlichen Dienst den Nachweis der Taufe zu erbringen, im negativen Fall die Anweisung, daß der Einzustellende im Beisein von zwei Zeugen vor dem Standesbeamten zu taufen sei;

– die Weisung, alle Beamten und Beamtenanwärter auf ihre atheistische Gesinnung hin zu durchleuchten;

– die Empfehlung an die Landesregierungen, das Abendprogramm des Fernsehens mit einem Gebet zu eröffnen und zu beschließen, wobei darauf zu achten sei, daß der Text in einem theologischen, sittlichen und pädagogischen Konsens mit der jeweiligen Sendung stehe. Ebenso, daß dem »Wort zum Sonntag« die doppelte Sendezeit zur Verfügung gestellt werde, daß es vor allem den Kern von »Tagesschau« und »Heute« zu bilden habe; vor allem, daß es auch am Montag und Mittwoch zu senden sei unter Beibehaltung der alten Bezeichnung, da ja auch die »Montagsmaler« am Dienstag gesendet würden, zum andern, um damit auszudrücken, daß nicht nur der Sonntag allein der Sonntag sein könne;

»Wo gehst du hin?«
FRISCHE FISCHE!
JEDER FÜR SICH –
GOTT FÜR UNS ALLE!

– ab sofort die Bestallung eines Priesters – vorzugsweise Jesuiten oder Dominikaner – zur Eröffnung und Schließung jeder Parlamentssitzung zwecks angemessener geistlicher Einstimmung des Hohen Hauses;

– außerdem wurde ein Gesetzesvorschlag zum Zwecke einer Grundgesetzerweiterung in Vorschlag gebracht, in die Präambel den Satz aufzunehmen: »Jeder für sich – Gott für uns alle!« Die Opposition war mehr für »Gebt dem Kaiser, was des Kaisers ist, und Gott, was Gottes ist!«, wovon man aber in Ermangelung eines Kaisers schnell wieder Abstand nahm.

Was Wunder, daß Industrie und Handel nicht zurückstehen wollten, und so sah man schon bald ein reiches Angebot geistlich überhöhter Produkte in den Auslagen, denn Käse, Milch, Eier, Seife und andere Kleinwaren wurden mit dem hübsch gestalteten Christusmonogramm ausgestattet. Den größten Erfolg hatte der Hersteller braunschwarzer Mönchskutten, denn alle, die bislang ihr Anderssein durch Tragen von Jeans zum Ausdruck gebracht hatten, wechselten von einem Tage zum andern das Gewand, und so bot sich auf Straßen und Plätzen ein ganz neues Bild, wenn Mönche und Nonnen die Diskotheken, Kinos, Geschäfte und Restaurants füllten, und nicht wenige der älteren Generation verrichteten ihre Gartenarbeit oder das Waschen der Autos in diesem so bequemen Habit, daß es eine wahre Freude war. Als besonders chic galt es, den dunklen Farbton des Gewandes nach mehrmaligem Waschen in ein helleres Braun-Beige zu bringen. Selbst der Bundeskanzler wollte nicht hintanstehen und zeigte sich privatim gerne in diesem bescheidenen und zugleich frommen Gewande, worauf der Oppositionsführer auf der Stelle gleichzog und sich in gleichem Habit bei einer Morgenandacht im familiären Kreise vor dem Herrgottswinkel filmen ließ.

Heer, Luftwaffe und Marine wiesen in gleichlautenden Erklärungen – und nicht ohne Stolz – darauf hin, daß sie schon seit langem das Zeichen des Kreuzes verehrten, wenn man es auch vermied, jene jahrtausendealte Verheißung an Konstantin den Großen zu kolportieren: »In diesem Zeichen wirst du siegen!«, und der Vorschlag des Verteidigungsministeriums, den Spruch zu modifizieren in die Version »In diesem Zeichen wirst du verteidigen!« stieß denn doch auf Ablehnung beim Generalinspekteur, der – selbst ein Kenner und Verfasser antikischer Elegien – darauf hinwies, daß der rhythmische Fluß der Silben dadurch barbarisch gestört würde, worauf man aus ästhetischen Gründen davon abließ.

Im übrigen etablierte sich ein parlamentarischer »Ausschuß für christliche Fragen«, über dessen Vorsitz – »Wir sind alle Christen!« – sich die Parteien zunächst nicht einigen konnten. Da aber brach es aus einem historisch versierten Abgeordneten, der Stövers »Die Römer« gelesen hatte, gewaltig hervor: er machte den Vorschlag, jenen guten alten Brauch der römischen Republik wieder aufzunehmen, und den Vorsitz Tag für Tag zu wechseln, was denn auch als das Ei des Kolumbus gepriesen wurde.

So konnte es nicht ausbleiben, daß die ganze Nation gleichsam von einem religiösen Fieber ergriffen wurde. Ging man gegen sechs Uhr früh durch Köln, Frankfurt oder München, so lag eine ungewohnte Ruhe in den Straßen: Wer es eben konnte, besuchte die Messe oder saß daheim vor Fernseher oder Radio, um den Gottesdiensten auf diese Weise folgen zu können. Längst war der alte Brauch des Niederkniens wieder eingeführt worden. Kam es beim anschließenden gemeinsamen Aufbruch, wenn alle mit einemmal ihre Autos bestiegen, zu Auffahrunfällen, so war es rührend zu sehen, wie jeder der Beteiligten mit heiterer Miene beteuerte, er, nur er selbst habe die Schuld, und den andern um Verzeihung bat.

Binnen kurzem setzte sich auch der frühchristliche Brauch des brüderlichen Umarmens und Küssens durch, auch wenn völlig Fremde sich begegneten. Dies schlug sich auch besonders in den Betrieben und Büros nieder, und des »Ich bitte um Verzeihung«, »Der Herr sei mit dir!«, »Nein, es war meine Schuld« war kein Ende.

Auch die Innenminister der Länder kamen nicht umhin, ihre Polizeibeamten ». . . zu besonders christlicher Pflichterfüllung« anzuhalten, und mehr und mehr setzte sich die Gepflogenheit durch, etwa den Verkehrssünder – das Wort erhielt nun endlich den ihm gemäßen Sinn! – mit christlicher Nachsicht und Demut zu behandeln, ihn anderseits auf sein gefährdetes Seelenheil hinzuweisen. Was Wunder, daß viele Verkehrsteilnehmer freiwillig Warngebühren an die öffentlichen Kassen entrichteten, weil sie hier und da die Geschwindigkeitsbegrenzungen nicht beachtet oder im Überholverbot überholt hatten. Und so war denn auch des Beichtens besonders von seiten der motorisierten Mitbürger kein Ende. Um die Mittagsstunde bildeten sich Schlangen vor den Beichtstühlen, und uns liegen Berichte vor, daß manche der Betroffenen auf ihr Auto verzichteten, um sich und andere nicht in Gefahr für Leib, Leben und Seele zu bringen.

So hatte sich der »Ausschuß für christliche Fragen« in den ersten Tagen besonders mit Vertretern des Kfz-Gewerbes zu beschäftigen, die, ausgestattet mit Belegen aus dem Alten und Neuen Testament, bewiesen, daß nicht die Technik an sich, sondern das Verhalten des Menschen böse sei. Sie erhoben gegen eine Verteufelung des Automobils energisch Einspruch. Ihnen schlossen sich sehr bald die Aktionäre von VW bis Mercedes an, worauf am Ende die gesamte Zulieferindustrie bis zu den Herstellern von Parkuhren vorstellig wurde und auf den drohenden großen volkswirtschaftlichen Schaden der derzeitigen Entwicklung hinwies.

Daraufhin bat der genannte Ausschuß namhafte Theologen zu einem Hearing nach Bonn. Wie Kenner voraussagten, endete das Unternehmern mit einem Streit der Fachleute; am Ende standen sich folgende drei Positionen unüberbrückbar gegenüber:

1. Der technische Fortschritt ist Menschenwerk und als solches den menschlichen Unzulänglichkeiten unterworfen. Ergo solle das Autofahren insgesamt verboten werden.

2. Der Mensch ist das Ebenbild Gottes. Also will Gott

den technischen Fortschritt. Die Verluste an Leib und Seele müßten in Kauf genommen werden. Man könne ja auch nicht die Luft verbieten, weil Flugzeuge abstürzten. Es sei dies eine Frage des Glaubens und Gottvertrauens, dafür zu beten, daß man selbst nicht das nächste Unfallopfer werde. Sei man es, müsse man sich in Demut darein schicken, zumal bei Unfällen mit Todesfolge.

3. Gott sei zwar der Schöpfer, aber er kümmere sich nicht mehr um die Details. Der Mensch habe also die Gelegenheit, Gott zu beweisen, daß er es besser könne als er.

Dagegen versuchte ein Schweizer Theologe Sturm zu laufen, indem er kurz und bündig darlegte, daß Gott eine Erfindung des Menschen sei: Wenn aber Gott vom Menschen erfindbar sei, müsse daraus geschlossen werden, daß der Mensch von Gott erfunden sei, damit der Mensch Gott überhaupt erst erfinden könne. Da beides aber nicht beweisbar sei, müsse man sich daran halten, daß es weder Gott noch den Menschen gebe, denn etwas, was nicht mit Sicherheit erfindbar sei, könne nicht existieren. Es gebe daher weder Gott noch den Menschen, sondern eben nur die Technik, da sie ja, wie der Augenschein zeige, erfunden sei. Man müsse nur noch herausfinden, wer sie erfunden habe. Solange diese Frage aber nicht geklärt sei, könne nichts gegen die Auswüchse getan werden, denn man könne die Wirkung eines Vorgangs nur dann beeinflussen, wenn man die Ursache kenne.

Die mit religiösem Ernst lauschenden Abgeordneten konnten sich bei dieser Problemlage zu keiner einhelligen Meinung durchringen, und so kam es denn auch bis auf weiteres zu keiner Empfehlung an das Parlament. Die Sitzung wurde vertagt.

Die Opposition war mit diesem Ergebnis durchaus zufrieden, gab es doch ein glänzendes Wahlkampfthema ab.

Solchermaßen war also das Denken und Tun der Menschen aufgeschreckt, und bei vielen zeigten sich Anzeichen einer Katharsis. Doch einige wenige, und darunter fand sich der verdienstvolle Vater des Grundgesetzes C. S., blickten sorgenvoll in die Zukunft, da hinter einem Allzuviel des öffentlich bezeugten guten Willens stets der Fanatismus lauere!

Nur an zwei Orten schien man nichts von der veränderten Situation zu wissen: im Vatikan und im Palais des Bischofs. Und damit kehren wir zum Fortgang unserer Geschichte zurück, zu diesem ersten, so ereignisreichen Tag.

VIERZEHNTES KAPITEL

Wie der kleine Bischof Papst wird

Papini und der kleine Bischof saßen nun schon seit einer Stunde im Arbeitszimmer des Papstes. Sie waren immer noch nicht zu einem Entschluß darüber gekommen, ob man den Medien das Hinscheiden des Heiligen Vaters mitteilen solle oder nicht.

Es war für beide ja so verwirrend, weil es in der gesamten Papstgeschichte nichts Ähnliches gegeben hatte; es gab keinen Präzedenzfall, an dem man sich hätte orientieren können. Dies wurde telefonisch von einigen namhaften Kirchenhistorikern bestätigt, die Papini – ohne die wahren Gründe zu nennen – in unbefangen kollegialem Ton angerufen und in ein scheinbar alltägliches Goodwill-Gespräch gezogen hatte. So waren Papini und der Bischof unter anderem auf folgenden Gedankengang gestoßen:

a) Der Papst ist tot.

b) Das einen Papst wählende Gremium, bestehend aus Kardinälen, existiert nicht.

c) Der einzig vorhandene Bischof führt interimistisch als eine Art Interrex die Geschäfte. Er ernennt neue Bischöfe und Kardinäle.

d) Diese Kardinäle wählen einen Papst.

»Aber das ist doch Unsinn! Ein Trugschluß! Ein circulus vitiosus!« rief Papini. »Wenn er Bischöfe und Kardinäle ernennt, fungiert er doch als Papst! Wenn nicht, kann er keine Oberhirten ernennen!«

Der kleine Bischof nickte: »Dabei kann jeder Mann katholischen Glaubens Papst werden ... Aber wie soll man ihn finden? Wir können uns in diesem Fall nicht auf das Eingreifen des Heiligen Geistes verlassen. Immerhin gibt es einige Hundert Millionen Katholiken . . .«

Es blieb, um der Zukunft der Kirche willen, eben nur diese Lösung: Der letzte Bischof rückt automatisch auf den Stuhl Petri!

Lange blickte der kleine Bischof ins Leere, dann sagte er leise:

»Ich muß es auf mich nehmen . . . Gott steh' mir bei, Amen!«

»Amen!« sagte Papini, und beide bekreuzigten sich. Dann beteten sie kniend nebeneinander, suchten und fanden die Stärkung, die sie für die nächsten Stunden brauchten.

Als erstes ließ Papini das gesamte geistliche Personal des Hauses zusammenrufen und teilte den Tod des Papstes sowie die Übernahme des Amtes durch den letzten Bischof mit. Stumm nahm man es auf; es war zu neu, zu ungeheuerlich, als daß ihnen in dieser Minute die Bedeutung des Vorgangs voll bewußt wurde. Schweigend hörten sie zu. Keine Akklamation erfolgte. Die Szene war in ihrer Nüchternheit ohne Beispiel: das Ritual fehlte, die festliche Liturgie der offiziellen Inthronisation, der Weihrauch, der Chor, die Musik, die Gäste, Uniformen, Orden, das große Publikum.

Der kleine Bischof – er sei von uns ein letztes Mal so genannt – spürte die Irritation, die diese glanzlose Übernahme des Amtes hervorrief, und er sagte:

»Liebe Brüder! . . . Was heute hier geschieht, scheint ohne Beispiel in der zweitausendjährigen Geschichte der Kirche. Aber es scheint eben nur so . . . Wir alle haben uns so sehr an den Glanz der äußeren Dinge gewöhnt, daß wir sie beinahe für den Kern halten. Aber es gab eine Zeit – es ist schon unendlich lange her –, da wechselte das Amt des Oberhirten unter Gefahr für Leib und Leben ganz in der Stille, abseits dem Getriebe der Welt. Nur wenige waren dabei anwesend, und nur einige Tausend

nahmen daran Anteil. Und doch wußten sie, daß etwas geschah, was bedeutender war als das, was da draußen das herrliche Gepränge der Welt ausmachte . . . Seht: Ein Samenkorn braucht nicht den Beifall der Gärtner, um zu wachsen! Die großen Dinge wachsen im Stillen . . . So geht nun an eure Arbeit und erfüllt eure Pflicht, die getan werden muß, so wie es auch tue. Gott sei mit euch!«

Er segnete sie. Sie knieten nieder, dankten mit der liturgischen Formel » . . . und mit deinem Geiste!«

Der Papst ermunterte sie mit seinem optimistischen Lächeln, sie erhoben sich und verließen den Raum. Wunderlich war ihnen zumute, wie sie erst im nachhinein das fundamental Bedeutende seiner Worte begriffen. Sie sprachen auch jetzt nicht miteinander darüber, doch wenn sie sich anblickten, war wissendes Einverständnis zwischen ihnen, und ihr Lächeln glich jenem des Papstes, des »kleinen« Papstes, wie er nun auch schon in ihrem Innern genannt wurde. Und eine große Freude war in ihnen, wie sie ein anderer wohl nie entfacht hätte.

Bevor der Papst sich an die Aufarbeitung all der großen und kleinen Dinge machte, die seit der schweren Erkrankung des Vorgängers seiner harrten, gab er Papini Anweisung, daß unverzüglich ein Taxifahrer namens Marsini freizulassen sei: Er, der Papst, hafte persönlich für die Integrität des Mannes!

Als das erledigt war, näherte sich Papini mit offizieller Miene: »Heiliger Vater . . .«

Der Bischof schrak zusammen bei der Anrede, faßte sich aber.

»Nun ja, so wird es wohl von nun an sein. Sprich, mein Sohn!«

»Heiliger Vater! Bevor wir die Nachrichtensperre aufheben und der Welt unser ›Habemus Papam‹ kundtun, muß entschieden sein, welchen Namen der Heilige Vater tragen wird . . .«

Der Papst blickte auf; darüber hatte er überhaupt noch nicht nachgedacht.

»Das ist richtig, denn der Name eines Papstes ist vor der Welt Programm. So wollen wir einen Namen wählen, den noch keiner unserer Vorgänger getragen hat, da ja auch keiner unter solch außerordentlichen Umständen auf diesen Stuhl gelangte.«

Er besann sich, lächelte und sagte:

»Wessen Name wäre wohl geeigneter als der des Franz von Assisi?! – Wir wollen uns ›Franziskus‹ nennen!«

Die Welt horchte auf, als eine halbe Stunde später Radio Vatikan eine Sondermeldung verbreitete, die in Kürze die Ereignisse der letzten vierundzwanzig Stunden schilderte und am Ende die bislang einmalige Übernahme des Amtes durch den letzten Bischof proklamierte.

»Habemus Papam Franciscum!« Und im gleichen Augenblick begannen alle Glocken von Sankt Peter zu läuten.

In einer zweiten Meldung hieß es kurze Zeit später, daß die aus Sicherheitsgründen bislang geltende Nachrichtensperre aufgehoben sei, daß der Papst vielmehr in einer halben Stunde in der Sixtinischen Kapelle eine Pressekonferenz gebe. Neuernannter Staatssekretär sei »Kardinal Papini«, der bisherige Privatsekretär des verstorbenen Papstes. Alles weitere werde Papst Franziskus I. selbst mitteilen.

FÜNFZEHNTES KAPITEL

Der Papst gibt eine Pressekonferenz, und welche Folgen das hat

Mittlerweile war es 20 Uhr geworden. Im Arbeitszimmer des kleinen Bischofs und jetzigen Papstes saßen Gerhard, Martin, Marianus und Dr. Falk vor dem Fernsehapparat und warteten auf den Beginn der Tagesschau.

Die letzte halbe Stunde hatte man mit belanglosem Plaudern verbracht, was Martin aus begreiflichen Gründen erhebliche Mühe kostete. Es war weder Gerhard noch Falk gelungen, die Funkstille und Nachrichtensperre in Rom zu durchbrechen. Zwar war jeder der Anwesenden, wenn auch aus verschiedenen Gründen, innerlich erregt, aber Falk hatte es verstanden, den belanglosen Plauderton beizubehalten. Nur hin und wieder hatte er den Raum verlassen, und Martin wußte, daß er über seine Verbindungleute außerhalb des Hauses versuchte, mit Rom Kontakt zu bekommen. Wenn er dann wieder den Raum betrat, versuchte Martin in seinem Gesicht irgendeine Wendung der Ereignisse zu lesen, doch Falks Züge behielten die lächelnde Maske bei.

Martin war hin- und hergerissen, ob er den beiden den wahren Sachverhalt mitteilen sollte, ließ es dann aber, denn er ahnte, daß er sie in Gefahr bringen würde.

Die Eröffnungsfanfaren waren verklungen, und der Sprecher begann:

»›Habemus Papam!‹ – Mit dieser Meldung wandte sich vor einer halben Stunde Radio Vatikan an die Weltöffentlichkeit.«

Es folgte der neueste Stand der Entwicklung, den wir schon kennen. Dann fuhr der Sprecher fort:

»In diesen Minuten gibt Papst Franziskus I. in der Sixtinischen Kapelle eine Pressekonferenz. Wir schalten jetzt um nach Rom . . .«

Die Kuppel des Petersdoms kam ins Bild, und sie schwebte, im Licht der abendlichen Scheinwerfer, wie eine Krone über der Ewigen Stadt. Und dann begann jenes umständliche Palaver zweier Kommentatoren, das den Zuschauer mit historischen Daten über die Geschichte der Stadt, des Papsttums und der Kirche fütterte. Inhalt und Tonfall der Sprecher bemühten sich um jene Erhabenheit, von der sie annahmen, daß der Hörer es wünsche, und noch das kleinste Detail dessen, was man sowieso sah, erhielt eine pathetische Weihe, die sehr wohl geeignet war, subtile Gemüter zu Tränen zu rühren. Dies war vor allem der Fall, als man daranging, die Vita des heiligen Franz von Assisi aufzurollen und Teile seines Sonnengesangs zu rezitieren.

Dann schwenkte die Kamera auf den Petersplatz, wo sich nun an die 50.000 Menschen versammelt hatten, den neuen Papst zu begrüßen. Und man sah, wie immer neue Massen über die »Straße der Versöhnung« herbeiströmten.

Allerdings vermied es die Regie tunlichst, zum Dach der Kolonnaden zu schwenken, wo mittlerweile ein halbes Bataillon mit schweren MGs, Mörsern und Flak Stellung bezogen hatte.

Nun stellte der Sprecher einem Fachmann direkte Fragen zur »Legalität dieses in der gesamten Geschichte wohl einmaligen Beginns eines Pontifikats« – und Marius von Kall, Jesuit, bei jedem Papstwechsel dabei seit dreißig Jahren, überschüttete die Zuschauer mit einem Bruchteil seines unerschöpflichen Wissens. Unverwechselbar seine Art und Weise, am Ende von Sätzen und Halbsätzen die Stimme zu heben:

». . . natürlich, natürlich! Man muß in diesem . . . hm . . . Zusammenhang die Frage nach der . . . hm . . .Legalität stellen . . . hm . . . Ein Amt wird erst Amt . . . hm . . . wenn es auf Legalität . . . aber die zweite

Frage ist die ... hm ... nach der Legitimität ... hm ... Legalität beinhaltet immer auch Legitimität ... hm ... anderseits muß Legitimität ... hm ... nicht immer ... hm ... mit Legalität verbunden sein ... hm ... das alles ist nicht nur eine Frage der Gesetze, sondern eben auch ... hm ... der übergesetzlichen Legitimität ... während Legalität nie ... hm ... ungesetzlich sein kann ...«

»Sie sind also der Meinung, daß ...«

»Genau ... hm ... Der Papst macht den Papst! Er ernennt die Kardinäle, und diese ... hm ...«

»Ja. Aber in diesem Fall ...«

»... ist es ein legitimistisches, legalistisches, geistliches ... hm ... Vater-Sohn-Verhältnis! Es wird allerdings künftigen ... hm ... Theologengenerationen reichlich Stoff für ... hm ... Dissertationen geben ...«

In diesem Augenblick wurde das Innere der Sixtina sichtbar, und der Sprecher schickte sich an zu einem längeren Monolog über Michelangelos Fresken, wurde aber von der Regie unterbrochen, denn gerade betrat der Papst mit Gefolge den Raum. Der Sprecher reagierte schnell:

»Doch schon hier zeigt sich, daß ein neuer Geist mit diesem Pontifikat beginnt, meine Damen und Herren. Wir können nicht sagen, wer von den Würdenträgern nun Franziskus I. ist, denn alle tragen nur das alltägliche, bescheidene Schwarz ... Aha, der in der Mitte scheint's zu sein ... Ist er es? ... Ja, er ist es, denn man geleitet ihn zu einem Stuhl! ... Ja, zu einem Stuhl! Kein Prunksessel, meine Damen und Herren, kein Thron! Ein einfacher Stuhl! Er setzt sich ... nein, er verbeugt sich, grüßt, segnet, lächelt ... Welch ein Lächeln! Wenn Sie das sehen könnten, aber Sie sehen es ja! Eine Bitte an die Regie: Können wir dieses Lächeln etwas näher ...? Ja, schön! Wunderbar! Sehen Sie, wie er lächelt! Alle lächeln! Ich auch, aber das können Sie ja nicht sehen ... Nun klingt Beifall auf, Sie hören es! Er setzt sich! Sehen Sie, wie er sich setzt! Auf diesen einfachen Stuhl! Nun werden die Journalisten ihre Fragen stellen . . .«

Endlich schwieg er. Das Fragen begann: Wie er sich fühle; warum er diesen Namen gewählt habe; ob er keine Angst vor neuen Anschlägen habe; wann er die ersten Bischöfe ernennen werde und dergleichen mehr, was im Augenblick wichtig war zu wissen. Der Papst blieb keine Antwort schuldig.

Dann, nach etwa zehn Minuten, bat er um Aufmerksamkeit für eine grundsätzliche Erklärung. Absolute Stille kehrte ein, als er begann:

»Wir sind froh darüber, daß die moderne Technik es uns ermöglicht, an allen Orten der Erde gehört und gesehen zu werden . . .«

Man sah, wie über die Gesichter einiger Anwesender ein hochmütiges Grinsen huschte. Der Papst schien es nicht zu bemerken, denn er fuhr unbeirrt und in scheinbar naiver Sprache fort:

»Wenn früher, vor 200, 500, 1000 Jahren ein Papst sich öffentlich äußerte, hörten ihn nur einige Tausend Menschen, und es dauerte Wochen, bis seine Gedanken in die entferntesten Winkel getragen wurden . . .«

Wieder grinsten einige, denn sie wußten ja, was kam:

»Dieser Weg war natürlich zu lang, um auf solche Weise zu aktuellen Ereignissen Stellung zu nehmen . . .«

Es lohnte sich nicht, nochmals zu grinsen, denn es war langweilig, ein naives Lob der Informationstechnik des 20. Jahrhunderts zu hören. Da kam es auch schon:

»Uns stehen nun diese Mittel zur Verfügung . . .«

Viele Korrespondenten unterdrückten mit Mühe ein Gähnen und zogen hämisch den Mund nach unten.

». . . und wir wollen diese Möglichkeit auch nutzen«, vollendete der Papst ruhig den Satz.

Dann aber erhob er sich unvermittelt. Seine Züge waren verwandelt: Heiliger Zorn stand ihm plötzlich im Gesicht, alles Lächeln war verschwunden, und mit Stentorstimme, die ihm niemand zugemutet hätte, brach es aus ihm hervor:

»So hört denn, ihr da unten, die ihr gewaltigen Einfluß auf das Denken und Fühlen der Menschen habt! Und ihr da draußen in allen Landen des Erdballs!«

Erschrocken fuhr die Versammlung zusammen, jede Müdigkeit war verflogen, man hielt den Atem an.

»Wir wissen sehr wohl, daß es bislang Sitte war, daß der jeweils neu gewählte Papst mit der Schläue des Diplomaten in seiner ersten öffentlichen Erklärung seine Ermahnungen an die Mächtigen versteckte – verstecken mußte! Denn vielerlei Rücksichten, die in 2000 Jahren wie Ketten auf dem Amt lagen, zwangen ihn zur Vorsicht!

Es sind aber nun Dinge geschehen, die eine solche Rücksichtnahme überflüssig machen!«

Alle wußten, was er meinte. Er fuhr fort:

»Seit fast 2000 Jahren wird dieses Amt, das ich nach Gottes Fügung übernommen habe, beschmutzt durch die niedrigen Machenschaften, Lügen, Verbrechen der Machthaber, und an keinem meiner Vorgänger ist der Kelch unbeschadet vorübergegangen. Ihr könnt es in jedem Geschichtsbuch nachlesen.

Und nun höre, Welt! Höre, was das heiligste, das älteste Amt, das seine Wurzeln noch im Weltreich der Cäsaren festkrallt, dir zu sagen hat! Es wird kein Priester geweiht, kein Bischof, kein Kardinal ernannt werden, solange an den bekannten Plätzen der Erde Krieg, Mord, Verbrechen herrschen.«

Er stand da, zwar klein, aber von beinahe göttlicher Strenge und Erhabenheit. Sie hingen an seinem Gesicht, fassungslos, ja sie konnten es nicht fassen, was sie hörten, und heilige Schauer liefen durch ihre Körper – aber er war noch nicht zu Ende. Er stand nur da, ohne eine besondere Geste, ohne die Hand, die Faust, den Zeigefinger zu heben, er stand nur da und sprach.

»Es wird kein Gottesdienst mehr stattfinden, kein Kind getauft, keine Ehe geschlossen werden, niemand wird eine Kirche betreten dürfen! Und dies solange, wie noch ein Schuß im Auftrag irgendeines Staatsführers fällt,

solange Menschen in elenden Zellen aus Gründen der Staatsräson zugrunde gehen. Denn höre, Welt: Du bist gottlos geworden, also sollst du es offen bekennen! Du sollst lechzen nach deiner Erlösung! Ich reiße dir die falsche Maske der Bonhomie vom Gesicht, daß du dich ekelst vor dir selbst! Allein die Toten dieses Jahrhunderts wiegen mehr als die aller übrigen zusammen! Denn du hast wissentlich gemordet, gequält, geschunden, da du sehr wohl weißt, was gut und was böse ist!

Was brauchst du dazu einen Papst! Hast du nicht andere Feigenblätter genug? – Aber du täuschst dich, Welt! Meinst du, dein Gott rechne anders als du, wenn du zwei Millionen Elende aufeinanderhetzt, damit 1000 Wohlsituierte besser leben? Ja, meinst du denn, Gott könne nicht auch mit Zahlen umgehen – Gott, den du dir als Abbild deiner selbst erfunden hast: mit Vorurteilen, Zorn und Neigung, wie du selbst bist? Ja, meinst du denn im Ernst, dieser Gott, der doch auch wägen, urteilen, richten kann wie du, der würde einen Finger rühren, wenn du dich im Wahnsinn deines hybriden Wissens selbst in die Luft sprengst?

Ich gehe nun und warte, gehe ohne Segen und kann nur beten, daß der Fluch, der auf dir liegt, hinweggenommen werde.«

Lähmung, Entsetzen, Angst ergriff alle, die da vor ihm saßen. Als er schon längst gegangen, blieben sie ohne Ausnahme sitzen, unfähig irgendeiner Regung. Nur ein Gedanke rührte viele an: Wie war es möglich, daß dieser einzelne, kleine, unscheinbare Mann die Welt aus den Angeln heben konnte? War es am Ende Zufall, daß ihre Blicke nun, da der Papst gegangen, auf der ungeheuren Rückwand der Kirche entlangtasteten, gezwungen von Michelangelos Endzeitvision, die nur die Wahl ließ zwischen oben und unten, geistiger Erhöhung und materieller Vernichtung?

In diesem Augenblick setzte das Fernsehbild aus; nach einer unendlichen Weile, als nur das tote Flimmern von Zeile zu Zeile huschte, erschien das Wort »Störung«.

SECHZEHNTES KAPITEL

Falk hat einen Plan

In gleicher Betroffenheit saßen Falk und die drei »Brüder« vor dem nun stummen Apparat. Sie warteten. Nichts geschah, außer daß das Schild »Störung« gegen »Kurze Unterbrechung« ausgetauscht wurde. Dazu intonierte man eine Toccata für Orgel von Bach.

Freilich hatte die Betroffenheit bei jedem der vier eine andere Ursache: Gerhard – er hätte es nie für möglich gehalten, daß sein Herr zu einem so direkten Angriff übergehen könnte – mußte sich eingestehen – und er tat es in Demut –, daß er Seine Exzellenz unterschätzt hatte.

Bruder »Marianus'« Betroffenheit war mehr von natürlich weiblicher Art: sie, die sich bislang wenig um Politik und dergleichen gekümmert hatte, empfand die plötzliche Konfrontation mit den zentralen Fragen der Zeit mehr über die Person dieses kleinen unerschrockenen Mannes, der tapfer der Welt die Stirn bot; die größeren Zusammenhänge waren ihr weniger von Interesse als das weitere Schicksal dieses Papstes.

Martin war erschüttert! Zum erstenmal in seinem bisher durch staatliche Fürsorge geregelten Leben streifte ihn leibhaftig der Atem der Geschichte: ». . . und ihr könnt sagen, ihr seid dabeigewesen!« Alles Vorherige, was in Büchern stand, gestapelt in verstaubten Regalen, war Historie aus zweiter Hand, war gesichtet, abgelegt, archiviert, tot – doch hier stand er mitten im Strudel, war Zeuge, vielleicht Täter! Für diesen kleinen Mann würde er durch die Hölle gehen: es war sein Damaskus-Erlebnis!

Falk? – Er saß da, stierte auf die Mattscheibe. Seine Hände zitterten. Zorn stieg in ihm hoch:

»Ist er total verrückt geworden?!«

Er sprang auf, ließ seine Maske fallen. Gerhard blickte ihn bestürzt an. »Marianus« rückte erschrocken näher zu Bruder Martin.

»Da hatten wir eine einmalige Gelegenheit!« schrie Falk. »Und was macht er . . . dieser . . .?!« Im letzten Augenblick bezwang er seine Zunge.

»Aber ich muß doch wohl bitten!« sagte Gerhard, der ja die Hintergründe nicht kannte, schneidend, während Martin voll böser Vorahnungen schwieg und die Hand von »Marianus« zärtlich drückte.

Dies war Falk nicht entgangen, und ein wissendes, kaltes Lächeln verriet, was er erkannt hatte; doch sehr höflich sagte er:

»Bruder Martin, ich muß Sie sprechen! Bitte, Pater Gerhard, lassen Sie uns allein. Geheime Order Ihres Generalobersten!«

Erstaunt blickte Gerhard auf, zuckte resigniert mit den Schultern und verließ wortlos den Raum. Falk selbst schloß hinter ihm die Tür, nahm am Arbeitstisch Platz. Alle Betulichkeit war von ihm gewichen.

»So! Schluß jetzt mit der Maskerade! Ich habe Ihr Spiel durchschaut. Sie werden von nun an alles tun, was ich von Ihnen verlange. Ich lasse mir von diesem Papst nicht meine Pläne vermasseln! Ich werde ihn zwingen, das zu tun, was für dieses Land, die Kirche, die Menschen ins Auge gefaßt wurde!«

»Und das wäre?« fragte Martin vollkommen ruhig.

»Junger Mann, sie mögen zwar Geschichte studiert haben, aber vom Studieren zum Verstehen ist ein weiter Weg. Und manche begreifen's nie!«

Er stand auf: »Glaubt denn dieser Papst im Ernst, die Welt zu verbessern, wenn er für eine Weile die Kirchen schließt? Diese Welt ist schon so abgebrüht, daß sie auch darüber nach einiger Zeit hinwegkommt! Es wird ein lächerliches Schisma geben. Nach drei, vier Wochen werden die Sektierer ihre ewig gleichen Dummheiten verkünden, und die Spießer werden ihnen nachlaufen. Es wäre nicht das erste Mal. Man wird ein neuartiges Konzil der ›Rechtgläubigen‹ veranstalten, einen eigenen Papst wählen und den römischen zum Teufel jagen! Die Kirche kommt auf die Dauer ohne organisierte Macht nicht aus, sie verläuft sich im Sande. Aber das brauche ich Ihnen als Protestant ja nicht erst zu erzählen . . . Noch aber kann alles zum Guten gewendet werden, bevor die totale Anarchie ausbricht! Und keine Regierung wird dies dulden. Es würde zu Bürgerkriegen kommen. Die christlichen Staaten werden eigene Reichskirchen etablieren. Das kann und muß verhindert werden! Wir müssen den Papst veranlassen, hierher zu kommen!«

»Das wird Ihnen nicht gelingen!« rief Martin.

Ganz leise sagte Falk:

»Doch, das kann ich!«

Er ging auf die beiden zu:

»Wenn er sich weigert, werden die Bilder, die ich Ihnen zeigte, veröffentlicht. Das wird sehr schnell die Glaubwürdigkeit und die Autorität des Heiligen Vaters erschüttern!«

»Das werden Sie nicht wagen!« Auch Martin war aufgesprungen.

»Oh, ich wage noch mehr. Ich werde diesen so hübschen Bruder Marianus als Geisel benutzen, wenn Sie nicht meinen Aufforderungen folgen.«

Er ging zur Tür, rief zwei Wachen herbei:

»Führen Sie den ehrwürdigen Bruder Marianus auf sein Zimmer im oberen Stockwerk. Er ist müde.«

Der Posten verstand augenblicklich. Widerstand war zwecklos, und »Marianus« schickte sich klugerweise in die neue Situation, um nicht noch mehr zu gefährden.

Falk schloß die Tür und ging zu Martin.

»Sie werden alles tun, was ich von Ihnen verlange, denn ich habe ja mehrere Eisen gegen Sie im Feuer.«

Sein Lächeln wurde immer gefährlicher.

»Das heißeste von allen kennen Sie noch nicht; aber es wird Sie interessieren, und ich will es Ihnen nicht vorenthalten.«

Falk entnahm seiner Brieftasche zwei Fotos, legte sie auf den Tisch und winkte Martin heran. Martin warf einen Blick auf die Darstellungen und erblaßte.

»Nicht wahr, damit haben Sie nicht gerechnet. Meine Leute pflegen eben gute Arbeit zu leisten. Das hier« – er wies auf einen runden Blechring – »das ist der Rest eines Weckers. Nun, an sich nichts Besonderes. Leider befinden sich an ihm die gleichen Fingerabdrücke, die wir auch an Ihrem Besteck gefunden haben. Tja, das dürfte wohl genügen. Sie werden verstehen, daß ich es unter diesen Umständen nicht verantworten kann, Sie demnächst ins, nun sagen wir: ins weltliche Leben zu entlassen.«

»Das da ... das war eine Dummheit!«

»Allerdings!«

»Nein, nicht was Sie meinen! Ich ... war verblendet ... mißgeleitet ... Das ist nun vorbei! Aus! Ich werde dafür büßen! Ich bin nicht mehr der, für den Sie mich halten!«

»Gewiß doch, mein Lieber, das sollen Sie ja dürfen. Sie sind einer dieser bekehrten Wirrköpfe! Aber nun sind Sie ein religiöser Fanatiker, und darum noch weitaus gefährlicher! Und da Sie so erfahren im Umgang mit explosivem Material sind, werden wir Sie auch auf diesem Gebiet einsetzen!«

»Niemals! Niemals!« schrie Martin.

»Aber, aber! Ich dachte, das könnten wir uns sparen, denn am Ende tun Sie ja doch, was ich von Ihnen verlange. Bruder ›Marianus‹ ...«

»Lassen Sie das Mädchen aus dem Spiel! Sie weiß von nichts!«

»Eben darauf wollte ich ja kommen. Sie müssen nur Vernunft annehmen! Schauen Sie, Ihre Lage ist doch so: Vor der Öffentlichkeit sind Sie seit Ihrem blendenden Fernsehinterview der brave, verantwortungsvolle Bruder Martin, und das sollen Sie ja auch bleiben; denn anders könnten Sie die Aufgabe, die ich für Sie vorgesehen habe, ja nicht erfüllen. Und was den Bruder Marianus angeht, so ist er in den besten Händen. Unsere liebe Schwester

Inge wird sich um sein leibliches Wohl kümmern, jedenfalls so lange, bis Sie unsern Auftrag durchgeführt haben. Sie werden das verstehen.«

Martin schwieg trotzig. Falk würde ohnehin nicht grob werden, da er ihn brauchte.

»Nun zur Sache!«

Falk entnahm seiner Aktentasche einen säuberlich verpackten Plan, faltete ihn umständlich auseinander und legte ihn auf den Tisch, den er fast ganz bedeckte. Dann winkte er Martin herbei.

»Na, was ist das wohl?«

Martin sah Vorder- und Seitenansicht, Quer- und Längsschnitt einer großen gotischen Kirche vor sich.

»Das ist der Kölner Dom«, sagte er möglichst unbefangen.

»Richtig. Und den werden Sie präparieren!«

Martin blickte verständnislos vor sich hin. Falk lachte.

»Ich verlange nichts Ehrenrühriges von Ihnen. ›Präparieren‹, das heißt, Sie werden an besonders geeigneten Punkten Sprengladungen anbringen.«

»Sie sind ja total verrückt!« rief Martin. »Warum sprengen Sie nicht gleich den Petersdom in die Luft?«

Falk blieb vollkommen ruhig. Er lachte sogar.

»Niemand verlangt von Ihnen, den Kölner Dom in die Luft zu sprengen.«

»Wozu sonst die Sprengladungen?«

»Sehen Sie, mein lieber Bruder Martin, das ist die hohe Kunst der Taktik. Wir werden, wenn Sie mit Ihrer Arbeit fertig sind, auf geheimen Kanälen dem Papst eine Botschaft zukommen lassen, des Inhalts, daß die Gegenseite Terroranschläge vorbereitet habe. Er wird das nicht glauben wollen und nicht kommen. Dann lassen wir an verschiedenen Plätzen einige baufällige Kapellen, die nicht mehr benutzt werden, hochgehen. Gleichzeitig lancieren wir anonyme Briefe in die Öffentlichkeit, aus denen hervorgeht, daß dies erst der Anfang sei. Gleichzeitig schicken wir Fotos nach Rom, aus denen unzweideutig die Gefährdung des Bauwerks zu erkennen ist. Überle-

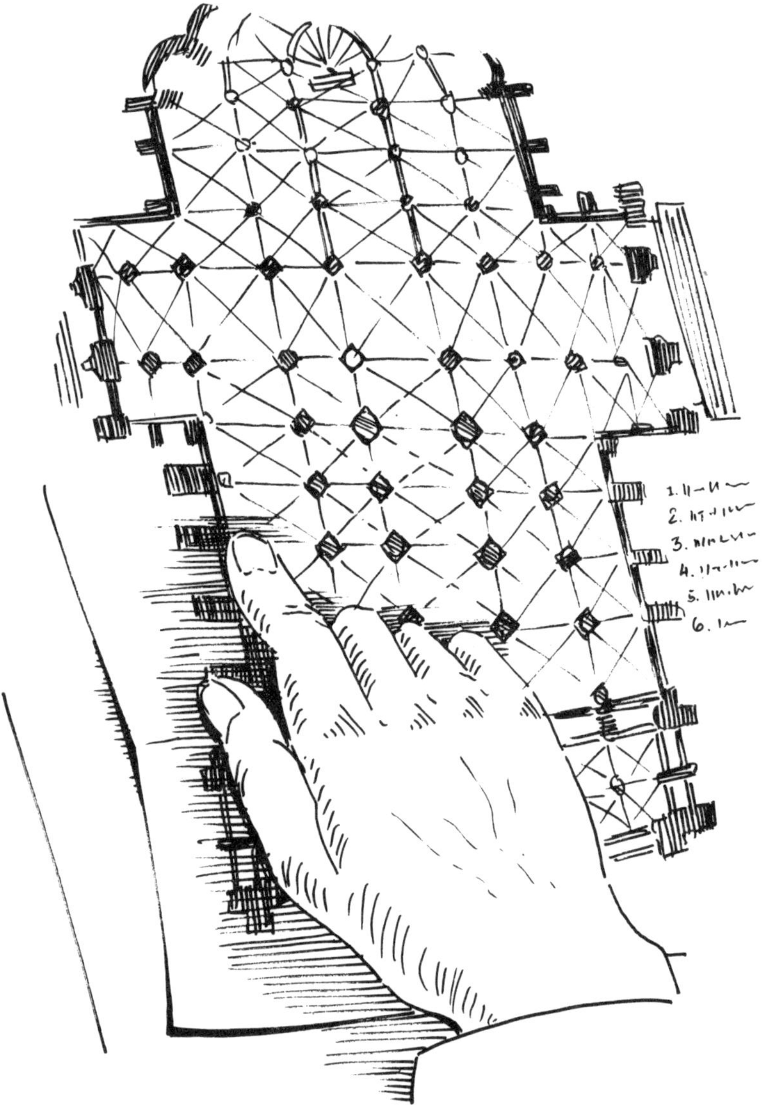

gen Sie: das Heiligtum der Nation! Es steht außer Zweifel, daß Seine Heiligkeit kommt! Sie können im übrigen ganz ruhig sein, Bruder Martin: Niemand will den Dom in die Luft jagen! Und vor allem, wir werden Ihre Verdienste um die Sache nie vergessen, und Ihr Vorleben existiert dann nicht mehr!«

Martin überlegte.

»Und wie soll der Sprengstoff in den Dom geschafft werden?«

»Kein Problem! Der Dom ist ja zur Zeit wie alle übrigen Kirchen für das Publikum gesperrt. Ihnen aber, als einem engen Mitarbeiter und Vertrauten des Bischofs und jetzigen Papstes, wird niemand verwehren, das Innere zum Zwecke der geistlichen Erbauung zu betreten, zumal Sie außerdem ein im ganzen Lande bekannter Mann sind.

Sie werden den Weg natürlich öfters gehen, selbstverständlich unter unauffälligem Schutz unserer Leute. Sie können ja die notwendige Menge Sprengstoff nicht auf einmal transportieren. So, und nun wollen wir uns an das Studium des Planes machen!«

Falk gab sich nun wieder sehr jovial, denn er hatte ihn völlig in seiner Hand.

»Wissen Sie«, warf er einmal dazwischen, »ich habe gegen Sie persönlich nichts. Und ich nehme Ihnen Ihre plötzliche Sinneswandlung auch ab. Aber ich muß absolut sichergehen.«

Den Rest des Tages benutzten sie zum Studium der Pläne. Der erste »Kirchgang« war für den nächsten Tag vorgesehen. Falk machte Martin darauf aufmerksam, daß er nicht mit dem Gedanken an Flucht spielen solle, da er dann unverzüglich seine Gegenmaßnahmen ergreifen werde.

Lange lag Martin mit offenen Augen in seinem Zimmer und grübelte. Aber er fand keine Lösung. Unmerklich kam dann doch der Schlaf über ihn.

SIEBZEHNTES KAPITEL

Martin ergreift die Initiative

Das öffentliche Leben dieser Tage gestaltete sich in der Weise, die wir schon beschrieben haben.

Was nun die Durchführung von Martins Sonderauftrag angeht, dürfen wir hier den Schleier, den wir anfangs über den Ort der Handlung gelegt haben, etwas lüften und mitteilen, daß das Palais des Bischofs sich in geringer Entfernung südlich von Köln befand. Diese geringe Entfernung war angenehm, weil sie ermöglichte, Entscheidungen, die die Domstadt betrafen, sehr schnell in die Wege zu leiten. Dies mochten schon die Gründe des Vorgängers unseres Bischofs gewesen sein, das Schloß vor 200 Jahren gerade an dieser Stelle zu errichten. Als besonders günstig erwies sich, daß sich in Sichtweite des Schlosses die Station der Bundesbahn befand, so daß man, ohne in irgendeiner Weise Aufsehen zu erregen, die kurze Strecke vom Schloß zum Bahnhof zu Fuß gehen konnte. Die »Kulturseite« des Bauwerks lag ohnehin zum Park, den man an der Front durch ein breit geschwungenes Tor der Orangeric betrat.

Falk hatte an alles gedacht: Um jede Hysterie bei der Bevölkerung, vor allem unter den hartnäckig ausharrenden Journalisten zu vermeiden, war der Park zu den üblichen Zeiten wieder geöffnet worden. Wie zu erwarten, zog die Beseitigung der geborstenen Platane stundenlang die Aufmerksamkeit besonders der Lokalpresse auf sich, denn Falk hatte ein schweres Gerät auffahren lassen, ohne das eine Bergung des Riesen nicht möglich war. Zugleich gab er gewissen Beobachtern durch diese Demonstration einen kleinen Vorgeschmack seiner technischen Möglichkeiten.

Das Schloß selbst wurde nach wie vor scharf bewacht, und niemand, der nicht einen von Falk unterschriebenen Passierschein vorzeigen konnte, wurde eingelassen. Im übrigen war Falk selbst erstaunt, wie gelassen die mittlere Kirchenhierarchie im Lande reagierte: sie war führerlos. Falk sah optimistisch in die Zukunft: »Kaiser und Papst!« gab er als Parole für die Nacht aus.

Die Dom-Präparierung ließ sich leichter an als erwartet. Das Siegel des Bischofs und jetzigen Papstes genügte, alle Türen zu öffnen. Im einzelnen lief es so ab:

Martin fuhr mit dem Zug, wurde im Hauptbahnhof vom Kustos empfangen und ohne Verzug über die heillos moderne Treppenanlage zum Dom geführt. Als Grund dieses Besuchs war angegeben worden, daß »laut geheimer Anweisung des Vatikans möglichst unauffällig die Sicherheitsbedingungen des Gebäudes zu überprüfen« seien.

»Ich verstehe! Ich verstehe vollkommen!« stieß der aufgeregte Kustos hervor und sah im Geiste bereits den Heiligen Vater in feierlicher Prozession über die Stufen zum Hauptportal schreiten.

»Wir wollen da ganz sicher gehen«, sagte Bruder Martin. »Darum werden zu den vorhandenen Warnanlagen solche nach dem neuesten Stand der Technik an verschiedenen, ausgewählten Plätzen angebracht werden.«

Der Kustos nickte: »Natürlich!«

»Höchste Geheimhaltungsstufe! Sie verstehen?«

»Selbstverständlich!« beeilte sich der Mann zu sagen und verbeugte sich während des Gehens.

Durch eine Nebenpforte betraten sie das Innere der Kirche. Martin war überrascht, wie problemlos sich alles aneinanderreihte. Es war natürlich Falks Idee gewesen.

»Um kein Aufsehen zu erregen, wurde *ich* mit dieser Aufgabe betraut. Das bedeutet, daß wir wahrscheinlich zwei Tage brauchen werden, das Gerät zu transportieren und an den dafür vorgesehenen Plätzen zu installieren. Techniker würden eine ungewünschte Aufmerksamkeit erregen. Die Apparate arbeiten mit eigenen Stromquellen und melden über Funk die leiseste Erschütterung.«

Der Kustos nickte ergeben. Sie hatten die Vierung erreicht, wandten sich zum Altar und beugten die Knie. Dann ging Martin zur ersten Bank – ihre Schritte hallten durch den Riesenraum – und entnahm seiner Tasche den Plan des Domes.

»Unsere Techniker haben vorgearbeitet . . .«

Er faltete den Plan auseinander.

»Großartig!« staunte der Kustos, während Martin ihm auf der Karte die rot angekreuzten Punkte zeigte, die man für die Präparierung vorgesehen hatte.

»Wie Sie sehen, haben wir besonders die Pfeiler ins Auge gefaßt. Sie leiten am besten die Vibrationen. Die Apparate müßten allerdings so angebracht werden, daß sie von unten nicht sichtbar sind.«

»Die Figuren! Hinter den Figuren!« rief der Kustos, bemüht, sein Teil beizutragen, und wies mit der Hand zu den Statuen der Säulenheiligen.

»Sehr gut«, sagte Martin und blickte sich um. Das rechte Querschiff war noch eingerüstet wegen fälliger Restaurationsarbeiten. Dort fanden sie eine Leiter und machten sich an die Arbeit. Martin hatte sechs Apparate mit. Nach einer Stunde waren alle an den vorgesehenen Plätzen in Position gebracht. Und jedesmal, wenn ein Gerät installiert worden war, zückte Martin seine Leica und fotografierte die Stelle aus mehreren Winkeln.

»Für unser Archiv! Und für den Hersteller!«

»Aha!« nickte der Kustos und half, die Leiter zu halten, wenn die Stellungen des Fotografen allzu halsbrecherisch wurden.

»Morgen nehmen wir uns die übrigen Pfeiler und die Türme vor«, sagte Martin.

Sie verließen die Kirche. Martin lehnte eine Einladung des Kustos zu einem kleinen Essen ab.

»Wir dürfen nicht zusammen gesehen werden. Sie verstehen.«

»Selbstverständlich!«

Und ohne viel Aufsehen zu erregen, schieden sie voneinander. Unauffällig, wie er gekommen, fuhr Martin mit dem nächsten Nahschnell-Personenzug zurück. Beruhigt stellte er fest, daß er nicht der einzige junge Mensch in der Kutte war. Während er durch den Zug ging, um sich einen Fensterplatz zu suchen, kam es ihm vor, als ob ganze Klöster auf einer Dienstfahrt begriffen wären, denn etwa die Hälfte der Fahrgäste saß sittsam im frommen, braunschwarzen Gewande, las die Heilige Schrift, den »Osservatore Romano«, mindestens aber »Christ und Welt«. So verlief die Fahrt ohne Zwischenfälle.

Falk wartete ungeduldig im Schloß; und kaum war Martin im Arbeitszimmer, rief Falk:

»Und . . .?«

»Das Längsschiff ist präpariert.«

»Na also! Schwierigkeiten?«

»Nein.«

» . . . gestört worden?«

»Nein.«

»Sehr gut. Haben Sie die Aufnahmen?«

»Ja.«

Martin reichte ihm den Film. Falk gab ihn sogleich weiter zum Entwickeln.

»Ich glaube, wir werden das bald brauchen.«

Martin verstand. Die Antwort des Papstes war also negativ ausgefallen! Er würde nicht kommen.

»Nannte er Gründe?«

Falk wurde ärgerlich.

»Man kommt nicht zu ihm durch. Diese graue Eminenz, wie hieß er noch . . . Papini! . . . dieser Papini schirmt alles ab! Der Heilige Vater sei für niemanden zu sprechen.«

Falk ging zum Fenster: »Aber wir werden ihn zwingen. In zehn Tagen ist Wahl! Er muß morgen hier sein, damit das Programm anlaufen kann!«

Falk schaute auf die Uhr und schaltete das Radio ein.

»Nun passen Sie mal auf, mein Lieber!«

Nach Zeitzeichen und Zeitangabe begannen die Meldungen:

»... wie die Deutsche Presse-Agentur soeben meldete, wurden an sieben Orten der Bundesrepublik Kapellen und Kirchen in die Luft gesprengt. Die Orte, meist kleinere Städte und Dörfer, liegen exakt auf einer wie mit dem Lineal gezogenen Linie, die in ihrer Verlängerung auf Rom zeigt. Die gesprengten Kirchen liegen in Norddeutschland. Dies, und der auf die Minute übereinstimmende Zeitpunkt der Sprengung lassen auf eine zentral gesteuerte terroristische Gruppe schließen. Die Gebäude detonierten im Abstand von exakt fünf Minuten von Norden nach Süden. In einem gleichlautenden Schreiben, das bei den Bürgermeistern der sieben Gemeinden einging, heißt es: ›Das war erst der Anfang!‹«

Falk schaltete das Radio aus.

»Gleich werden sieben weitere hochgehen! ... Sie haben gut gearbeitet, Martin! Ich werde Ihnen das nicht vergessen. Leute wie Sie brauchen wir! Sie haben frei heute. Machen Sie, was Sie wollen!«

Er klopfte ihm auf die Schulter und ging.

Martin trat ans Fenster und blickte in den Park. Alles sah ruhig aus, wie immer, außer, daß an der Stelle, wo die Platane gestanden hatte, ein junger Baum bescheiden seine Zweige im Winde bewegte.

Verzweifelt suchte er nach einem Ausweg. Sollte er zu Marianne gehen und ihr alles erklären? Es wäre zwecklos und würde sie nur belasten. Und Gerhard? Der arglose Mann würde einen Schock bekommen.

Martin wußte, daß Falk nun pausenlos beim Vatikan vorstellig werden würde, mit der Stimme des besorgten Freundes und gläubigen Dieners, der den Papst im Angesicht der Geschichte beschwört – und man würde ihm nicht glauben!

Sollte er selbst den Papst ...? Unsinn! Er würde die unsichtbare Mauer, die Papini errichtet hatte, erst recht nicht durchdringen können. Und mit einemmale war klar, daß das, was der Papst angerührt hatte, nicht zum Stillstand kommen durfte. Es war die letzte, die allerletzte Chance, diese dekadente Welt zur Vernunft zu rufen. Und urplötzlich blitzte in ihm die Lösung auf: Er, er selbst konnte sehr wohl etwas erreichen!

Er griff nach Papier und Stift, verbarg beides in den Taschen der Kutte und verließ das Haus. Vom Vormittag hatte er noch genügend Geld. Er ließ sich von einem Taxi in die nahen Berge fahren, schlug sich dann zu Fuß durch ein Waldstück, setzte sich unter eine große Fichte und begann zu schreiben. Er schrieb den ganzen Nachmittag.

Als es zu dämmern begann, machte er sich zu Fuß auf den Rückweg, verbarg das Geschriebene in seinen Socken und erreichte erschöpft das Schloß.

»Sie sollten schlafen gehen, Sie sehen müde aus. Morgen müssen Sie wieder frisch sein. Übrigens: Die nächsten sieben sind hochgegangen! Es klappt alles wie am Schnürchen! Die Fotos sind in Rom. Sondermaschine! Ich habe eben mit dem Papst gesprochen: er kommt! Gute Nacht, mein lieber Bruder!«

Martin ging auf sein Zimmer, verriegelte die Tür. Wenigstens diesen Raum hatte man ihm belassen! Er legte sich angekleidet aufs Bett und versuchte, einen klaren, logischen Gedanken zu fassen. War der Papst erst hier, würde Falk ihn erpressen! Er würde für den Fall, daß der Papst nicht auf seine Wünsche einging, damit drohen, den Dom in die Luft zu sprengen. Und damit war der Heilige Vater in seiner Hand!

Dem mußte er zuvorkommen! Sich an den Papst zu wenden, war zu unsicher, man würde das sehr einfach unterbinden. Es gab nur eine einzige, eine ungeheure, eine zwar wahnwitzige, aber äußerst wirksame Maßnahme . . .

Und als er sie in allen Einzelheiten durchdachte, kam es wie ein Rausch über ihn. Er sprang vom Bett, setzte sich an den einfachen Tisch und schrieb. Es war ein minutiöser Bericht über alles, was sich seit gestern hier abgespielt hatte. Er schrieb lange, in aller Ausführlichkeit, keine Einzelheit wurde vergessen. Dann versteckte er den Bericht in seinen Socken, warf sich aufs Bett und fiel in einen tiefen, traumlosen Schlaf.

Er mußte lange geschlafen haben, denn man klopfte, und er hörte Falks Stimme:

»Es wird Zeit, Bruder Martin!«

Augenblicklich war er hellwach, stand auf, steckte das Papier in Socken und Schuhe und ging frühstücken. Alles mußte sehr normal aussehen.

Falk hatte die Tasche schon bereitgestellt.

»Sehen Sie zu, daß besonders die Turmspitze so präpariert wird, daß wir sozusagen ›Warnschüsse‹ abgeben können, sollte es hart auf hart kommen!«

Martin benutzte den gleichen Zug, wurde wie gestern vom Kustos empfangen. In der Bahnhofsvorhalle warf er einen Blick auf die Zeitungen. Die extreme Linke verwahrte sich ebenso wie die Rechte gegen Verdächtigungen im Zusammenhang mit den gestrigen Anschlägen. Die Mitte war ratlos, die »Welt« wetterte gegen die lasche Handhabung der Antiterrorgesetze, die »Zeit« brachte einen Bericht über die Modalitäten der Papstwahl in Geschichte und Gegenwart, während die »F. A. Z.« sich lang und breit und wie immer subtil über die Zusammenhänge zwischen »Quo vadis?« und den Anschlägen ausließ.

In diesem Augenblick hörte er den Ruf erschallen: »Extrablatt! Extrablatt! In einer Stunde trifft der Papst in Köln ein!«

Die Menge riß dem Mann die Blätter aus den Händen.

»Kommen Sie, wir müssen uns beeilen!« sagte Martin zum Kustos. Schnell zwängten sie sich durch die Menge und erreichten über die heillos moderne Treppenanlage den Dom. Der Kustos öffnete, Martin schaute hastig nach rechts und links: doch überall standen nur Mönche und Nonnen, mit dem Lesen der Sondermeldung beschäftigt. Da kam Martin eine Idee!

»Warten Sie! Ich bin gleich wieder da!«

Er stellte seine Tasche ab. Der Kustos blickte ihm verwundert nach: Martin lief zurück, kaufte sich am Kiosk große Briefumschläge, eilte in eine Toilette, holte das Schreiben aus den Socken, steckte es hastig in einen Umschlag – die übrigen warf er weg –, lief zu einem Briefmarkenautomaten, zog die Wertzeichen – es dauerte ihm viel zu lange! –, frankierte, schrieb die Adresse: »An den ›Kölner Stadtanzeiger‹« und warf den Brief ein.

Und schon lief er zurück, erreichte außer Atem den Eingang, wo der Kustos brav wartete.

»Mein Gott, Sie sehen ja aus wie der Tod!«

»Das macht nichts. Kommen Sie! Wir dürfen keine Zeit verlieren!«

»Ja, Sie haben recht. Wie gut, daß wir schon gestern einen Teil installiert haben. Diese Verbrecher scheuen ja heute vor nichts mehr zurück!«

»Wenn Sie wüßten, wie recht Sie haben!«

Sie betraten den Dom. Grabeskühle schlug ihnen entgegen, denn seit gestern wurde nicht mehr geheizt. Es gab nichts mehr zu bereden. Sie machten sich unverzüglich an die Arbeit.

»Ich glaube, ich habe gestern die Peilgeräte nicht richtig eingestellt. Ich muß sie noch einmal kontrollieren.«

»Aber gerne«, sagte der Kustos und holte die Leiter. Während Martin an den empfindlichen Geräten hantierte, redete der Mann weiter, um sich die Zeit zu vertreiben. »Wissen Sie, Bruder Martin, ich verstehe nur eins nicht: Wieso diese Leute auf einmal ein solches Interesse an Kirchen haben. Im Mittelalter ja, da könnte man das verstehen, da hätte man mit solchen Mitteln gegen gewisse Mißstände vorgehen können. Aber heute? Die Kirche läßt sie doch in Ruhe! Was soll denn der Papst davon halten? Ein aufrechter Mann! Ein Deutscher! Aber ich finde, da ist er doch etwas zu weit gegangen! Die einfachen Leute werden das nicht verstehen! Ah, Sie sind so weit?«

»Ja!« Martin sprang von der Leiter.

»Wollten wir nicht noch in die Türme?«

»Nein, das dürfte reichen. Wir haben auch nicht mehr die Zeit.«

»Wie Sie meinen! Sagen Sie, hätten Sie nicht heute eine halbe Stunde Zeit? Ich kenne da ein stilles, abgelegenes Lokal ...«

»Na, wenn Sie unbedingt meinen. Aber Sie müßten schon vorausgehen. Ich komme nach. Sie wissen ja ... Wo liegt es?«

Der Kustos beschrieb es ihm und machte sich auf den Weg.

»Hier haben Sie die Schlüssel. Ich brauche Ihnen ja nicht aufzutragen, gut abzuschließen.« Er lachte und ging.

Martin schloß die Tür, drehte von innen zweimal den Schlüssel um, zog ihn ab und steckte den Bund ein.

Langsam, sehr langsam wandte er sich um und ging durch die leere Halle zum Mittelgang des Hauptschiffes, blieb stehen, folgte den aufsteigenden Linien der Pfeiler, bis sie sich in großer Höhe scheinbar verflüchtigten und ihre Funktionen an die mittleren Schlußsteine des Gewölbes weitergaben.

Behutsam setzte er Schritt vor Schritt, behielt den Blick in der Höhe, nahm in sich auf, wie die Fluchtlinien sich perspektivisch veränderten: ihm war, als ob er sich auf dem Boden eines umgestülpten Kaleidoskops bewegte.

Die Tür zur Vorhalle war offen. Der Raum selbst lag im Halbdunkel jahrhundertealter Farben.

Er nahm den Aufgang zum Südturm. Die Tasche hatte er mitten im Gang stehen lassen. Die letzte Ladung trug er unter dem Arm, denn die großvolumige Tasche hätte ihn beim Aufstieg in der engen Wendeltreppe behindert.

So erreichte er über 101 Stufen, die ihm zunehmend längere Pausen abnötigten, die Portalgalerie, und von dort auf weiteren 36 Stufen den offenen Umgang, der in Höhe der Strebepfeiler den gesamten Bau umfaßte.

Der Puls hämmerte ihm in den Schläfen. Er setzte sich,

blickte, unfähig zu einem klaren Gedanken, durch das Gewirr der steinernen Blüten, Zweige, Äste. Panik wollte hochkommen: Er sprang auf, fand den Eingang zur Wendeltreppe des Eckpfeilers, stieg weiter, erreichte das offene Krongesims des Oktogons am Fuße der Waben des Steinhelms. Die frische Luft tat gut. Tief sog er sie ein! Er blickte nach oben, sah die kupferne Leiter, wie sie durch die Kantenblätter der Kreuzblumen hindurch bis zum äußersten Knauf des Turmes kletterte. Das waren noch 60 Meter!

Zweifel kamen, verflogen, kehrten als Skrupel wieder, marterten seinen Willen, wollten Verstand gegen Neigung ausspielen. Er blickte hinab: Unter ihm lag der Leib des Domes, hingestreckt wie ein großes Tier, an den Flanken ausgreifend, der steinerne Wald aus Strebepfeilern, Fialen, Wimpergen, aus dieser Perspektive ohne alles Maß, wuchernd, animalisch und pflanzlich zugleich. Rechts daneben der flache Klotz des Römisch-Germanischen Museums, sich scheinheilig duckend. Besucher gingen ein und aus.

Er lehnte sich an die Brüstung: Punkte bewegten sich auf dem Vorplatz, eilten nach uneinsehbaren Regeln aneinander vorbei, wichen sich aus; er sah keine zwei, die sich trafen.

Als er zum erstenmal hier oben war, noch ein Kind, erschrak er vor der Weite der Stadt und der Landschaft, vor der unendlichen Ebene, die der Strom in mächtigen Windungen nach Norden durchzog, gerahmt von den welligen Buckeln der Ville und des Bergischen Landes, im Süden begrenzt von den Spitzen des Siebengebirges – nein, heute war alles anders: er sah nur die wuchernden Burgen in gestelztem Beton, die Schlote und Hallen, im Norden die Riesenzylinder der Raffinerien, roch aus der Ferne die gelb-gräulichen Schwaden von Leverkusen, ahnte die Betonbahnen der Straßen, den stinkenden Sud des Flusses, der wehrlos dahinzog, die Riesenflächen der Schriften an seinen Ufern, kündend von Raffgier und Konsum, und Ekel kam ihn an.

Entschlossen wandte er sich ab, ging zu der kupfernen Leiter, begann mit dem Aufstieg. Er wußte, nun gab er sich preis, verließ den schützenden Steinwald. Er schaute auf die Uhr: sie würden ihm nichts mehr anhaben können, das Band von Ursache und Wirkung war nicht mehr zu durchtrennen. Er kletterte, langsam, sichernd, Sprosse für Sprosse, zitternd vor Anstrengung und Schwindel, zugleich bedacht auf die beste, die wirksamste Lösung. Auf halber Höhe hielt er an, wagte keinen Blick nach unten, nestelte mit zitternden Händen an einer Nische, kratzte mit den Nägeln der Finger den Taubenkot zur Seite, benutzte die härteren weißkalkigen Brocken als Stütze, klemmte die Ladung in die Nische und programmierte den Zünder.

Halb ohnmächtig vor Schwindel hielt er sich an der Leiter. Der Atem stieß in Fetzen aus dem weit offenen Munde. Eine Taube setzte sich, keine Armlänge entfernt, in die Nische, hob erschrocken ab, als er sich rührte. Er blickte ihr nach, wie sie über das Langhaus mit schnellem, hartem Schlag davonzog. Da bemerkte er rechts über der Stromebene zwei schwarze Punkte, die sich rasch näherten, dabei die Form dunkler Tropfen annahmen. Bald war das Dröhnen der Motoren zu hören; die Tropfen zeigten nun die Konturen zweier Hubschrauber.

Nun entstand auch unten auf dem Platz Bewegung. Aus den Seitenstraßen preschten Polizeifahrzeuge, und Einsatztrupps sprangen von den Mannschaftswagen. Es mußten einige Hundert Beamte sein, die jetzt das ganze Areal des Platzes abriegelten. Von allen Seiten quoll es nun hervor, Punkt für Punkt, unzählbar, und füllte schnell den äußeren Rand des Vierecks. Die Kette der Polizisten gab in Wellen nach, verbeulte sich, drängte zurück.

Die Hubschrauber standen eine Weile in großer Höhe mitten über dem Geviert, setzten dann zur Landung in der Mitte des Platzes an.

»Nein!« schrie Martin. Er hastete die Sprossen nach un-

ten, erreichte mit einem Sprung das Gesims des Oktogons am Fuße des Steinhelms, verschwand im Eingang zur Treppe.

Die Rotoren kamen zum Stillstand. Drei Männer entstiegen den Kapseln. Zwei von ihnen schwarz gekleidet, der dritte in unauffällig grauem Maßanzug. Die Menge ging in die Knie. Die drei blickten um sich, sahen, wie mehrere Herren sich im Süden des Platzes aus der Menge lösten und gingen ihnen entgegen. Die drei Herren wandten sich an den kleinsten der Gelandeten, knieten vor ihm nieder.

Da durchbrach ein Mann in beigem Cordanzug beim Eingang des Museums die Polizeikette, rannte über den Platz auf die Gruppe zu, griff mit beiden Händen nach dem kleinen Mann und zerrte ihn gewaltsam zum Südrand des Platzes. Mehrere Polizeibeamte hatten längst ihre Waffe gezogen, zielten mit beiden Händen, wagten aber nicht zu feuern, da sie Unbeteiligte hätten treffen können.

In diesem Augenblick erschütterten mehrere, kurz hintereinander folgende Detonationen die Luft: Man sah, wie der Helm des Südturmes sich leicht neigte, dann, wie die Bauklötze eines Knaben, in sich zusammenstürzte, im Sturz Kreuzblumen und Baldachine mit sich reißend. Zugleich zeigten sich Risse im Langhaus, und Teile des Daches hoben sich wie die Flügel eines Riesenvogels. Krachend stürzten Baldachine, Strebepfeiler und der Mittelturm zusammen, zogen die Außenmauern mit nach innen, und nach einer weiteren Folge von Explosionen barst das gesamte Langhaus und stürzte unter ungeheurem Getöse in sich zusammen; der ganze Platz erzitterte wie bei einem Erdbeben. Schließlich standen nur noch beide Türme, und der südliche ohne Helm.

Die Wucht der Explosion ließ sämtliche Scheiben aller umstehenden Gebäude bersten; ein Regen von Splittern, Steinen, Ziegeln, Mörtel und Staub ging auf die Menge nieder.

Instinktiv hatte sich ein großer Teil der Leute aus dem Gefahrenbereich der Gebäude zur Mitte des Platzes begeben und sich zu Boden geworfen.

Nur der Papst, Papini und Professor Fontana standen aufrecht. Das Entsetzen war unbeschreiblich, die Lähmung total, die Ruhe nach der Explosion unheimlich. Doch mitten hinein tönte die gewaltige Stimme Fontanas:

»Der da! Der ist's! Das geht alles auf sein Konto!« Und er wies mit großer, antiker Geste auf den zitternden Menschen im Cordanzug.

»Bei Gott! Das habe ich nicht gewollt!« stammelte der totenblaß, wies dann zum Dom. »Er hat sich selbständig gemacht!«

Doch Fontana hielt ihn mit eisernem Griff am Kragen.

»Und ich habe Ihnen gesagt, Sie würden mit mir noch zu rechnen haben! Sie sind nicht Herr Ihrer Figuren geblieben!«

Und schon schnappten die Handschellen zu . . .

* * *

»Lang lebe Bischof! Lang lebe Bischof!« schrie jemand. Der kleine Bischof saß aufrecht in seinem Bett und rieb sich die Augen.

»Nein!« schrie er, und nochmals: »Nein! Niemals!«

Entsetzt stürzte Gerhard ins Zimmer.

»Aber Exzellenz!«

Gerhard lief besorgt zum Bett, doch der Bischof hörte nichts, schob ihn beiseite, sprang aus dem Bett, nestelte nach seiner Brille, warf dabei das halbvolle Glas Wasser um, setzte sich hastig das Gestell auf und eilte im Nachthemd zum Fester, zog den Vorhang einen Spalt zur Seite . . .

Draußen zog eine Prozession vorbei – eine Prozession? Die Vordersten trugen Transparente:

»Wir fordern die 35-Stunden-Woche!«

»Wer ist Bischof?« fragte der kleine Bischof.

Gerhard überlegte. »Ich glaube, er ist Vorsitzender einer Gewerkschaft, aber ich kann mich auch irren.«

Da stürzte der kleine Bischof ins Nebenzimmer, griff zum Telefon, wählte sehr lange, dann:

»Grüß Gott! Papini? Gut! Papini, hören Sie: Wie geht es Seiner Heiligkeit? ... Und Sie sind ganz sicher? ... Aha ... Nein, ich möchte ihn nicht stören ... Nein, nein, nichts Besonderes ... Nein, ich selbst bin wohlauf ... Danke! Ja, natürlich ... Richten Sie dem Heiligen Vater meine besten Grüße aus, und eine gute Reise nach Polen! Danke! ... Gott mit Ihnen, lieber Freund!«

Er legte den Hörer auf.

»Wünschen Exzellenz zu frühstücken?« fragte Gerhard in der Tür.

»Wie? Ach ja, natürlich!«

Gerhard blieb stehen. »Da ist noch was ...«

»Ja?«

»Dr. Falk hat eben angerufen. Er habe ja nun, wo er sich ganz aus dem politischen Leben zurückgezogen habe, endlich einmal Zeit, Exzellenz zu einem freundschaftlichen Gespräch aufzusuchen.«

Der Bischof lächelte, und es wirkte ungeheuer anstekkend.

»Richten Sie ihm aus, daß ich mich sehr auf seinen Besuch freue. Wir hätten uns sicherlich viel zu erzählen.«